이제는 _____만의 기준을 세울 차례입니다.

나를 사랑할 준비가 되어 있는 사람이

지금 여기에 서 있습니다.

나를 사랑하는 연습

정영욱

오늘도 나를
알아가는 중입니다

종종 조용한 분위기의 카페에서 원고 작업을 합니다.
그런 곳에서의 영감을 선호합니다.

핸드폰으로 조용한 분위기의 카페를 찾습니다. 짐을 싸 그
곳으로 향합니다. 낯선 카페에 도착해, 앉을 자리에 짐을 내
려놓습니다. 카운터로 향합니다. 주인장이 나를 쳐다봅니다.
그곳에서의 짧은 순간 무엇을 먹어야 할지 백번 고민을 합니
다. 주인장은 나를 기다립니다. 나는 선뜻 주문하지 못합니
다. 그러자 주인장이 말을 겁니다.

"저희는 말차라떼가 가장 인기가 많아요. 케이크는 당근
케이크가 맛있다 하더라고요."

나는 답합니다.

"아 감사합니다. 그렇게 주시겠어요?"

자리에 앉아 일을 합니다. 〈나를 사랑하는 연습〉 원고 파
일을 열어 열심히 퇴고합니다. 그러다 문득, 어떤 생각이 뇌
리에 스칩니다.

카페도, 커피도, 케이크도. 전부 타인의 추천을 받았습니다.

나는 나의 일을 하고, 나의 하루를 사는데 모든 것은 타인의 기준으로 돌아갑니다. 나는 어떤 카페를 좋아하지? 어떤 커피를 그리고 어떤 케이크를 좋아하지?

바쁜 손을 멈추어 가만 생각합니다. 나는 조용한 곳을 원했지만, 블로그에서 추천하는 곳은 제법 시끌벅적한 곳들뿐이었습니다. 말차라떼는 달고 매력적이었지만, 텁텁한 감이 있어 글을 쓰는 내내 방해가 됩니다.

나를 사랑하는 연습이란 표제의 책을 쓰면서도, 나는 나를 모르고 있었습니다. 내 상황을 모르고 있었고, 내가 좋아하는 것을 모르고 있었습니다. 어쩜 이 책을 출간한 뒤엔 내가 즐겨갈 수 있는 카페와 좋아하는 커피 그리고 케이크가 무엇인지 공부해 보아야겠습니다.

나도 당신과 같이 이렇게 연습하며 살아갑니다. 나를 알아가는 연습. 나아가 나를 사랑해줄 연습과 다짐 말입니다. 어쩌면 모두가 나에게 서툰 사람입니다. 나에 대한 연습이 무던히도 필요한 사람들입니다.

목차

-------------------- Chapter 1 --------------------
주변에서의 연습

-------------------------------- Chapter 2 --------------------------------

애정에서의 연습

-------------------- Chapter 3 --------------------

인생에서의 연습

나의 주변을 온전히 사랑하고, 미움은 되도
록 걸러내는 삶을 그려봅니다. 또 그것으로
인한 앞으로의 개운할 날들을 기대합니다.

— Chapter 1 —

주변에서의 연습

관계는
불호에 의해 움직인다

관계는 싫어하는 것에 초점이 맞춰져 있다.

사이가 그저 그런 사람 둘에게, 좋아하는 사람이 같다든가, 좋아하는 사람의 유형이 같다는 공통점이 있어도 그저 그런 사이로 남거나 오히려 원수가 될 수 있다. 하지만 둘의 사이가 설령 좋지 않더라도, 싫어하는 사람이 같아진다면 언제 그랬냐는 듯 회복될 수 있는 것이 관계이다.

어떤 사이더라도 싫어하는 것이 같은 사람들끼리는 그 순간 세상에서 가장 잘 맞는 친구가 된다. 내가 좋아하는 사람을 싫어하는 것은 어느 정도 이해해줄 수 있지만, 내가 싫어하는 사람을 좋아하는 것은 꼴 보기 싫다. 둘 사이가 좋았다고 하더라도, 그런 사람과는 결국 멀어질 수밖에 없는 경우가 많다.

인간 관계는 '호'보다 '불호'에 의해 좌지우지되며 가까워졌다 멀어졌다 한다. 그러니 딱히 이해할 수 없이 미워지는 사람이 생기고, 이해할 수 없이 미움받는 사람이 생기는 것이다. 내가 아무리 잘해도 나를 미워하는 사람이 생기고, 아무것도 하지 않아도 나를 응원하는 사람이 생기기도 한다. 내가 그렇게 당해왔고 또 그렇게 살아왔다. 우리 모두가 가해자이자 피해자인 셈이다.

한 치 앞도 내다볼 수 없다. 이런 혼돈과 같은 관계 속에서 살아남기 위해, 우린 조금 더 영리하게 대처해야 한다. 그렇다고 남을 치밀하게 속이고 숨기고 그렇게 대처하잔 것은 아니다. 중요한 건, 별 탈 없이 내 곁에 사람을 두고 싶다는 마음 아니겠는가.

사랑하는 연인이 있다면, 그 사람이 좋아하는 것보단 싫어하는 것을 파악하여 그에 맞게 행동하는 것이 사랑의 온도를 오래 지속할 수 있다. 좋아하는 것의 만족은 불타오르는 사랑을 만들지만, 싫어하는 것의 만족은 꺼지지 않는 불씨를 만들어 줄 것이다.

오랜 우정을 지키고 싶다면, 상대가 좋아하는 사람보다 싫어하는 사람에 대한 정보를 우선하여 알아두고 입 밖에 꺼내지 않는 것이 상책이다. 친구와의 관계를 오래 지속하면서 자연스레 서로 나이가 들고, 그만큼 호와 불호의 대상이 시시각각 변하게 될 것이다. 예민한 이야깃거리는 아예 꺼내지 않는 것이 좋다.

직장 상사와 동료들의 눈 밖에 나기 싫다면…… 대충 감이 오지 않는가?

모두가 복잡한 관계 속에서 더럽혀지며 살고 있다. 당신이 살아갈 삶 동안 끊이지 않고 일어날 관계의 문제에 있어, 대부분은 '싫어하는 것'의 요점을 파악하면 쉽게 풀어나갈 수 있을 것이다.

백 번 잘해주는 것보다, 한 번 싫어하는 것을 고쳐주는 게 나을 수 있다. 백 번 좋아해주는 것보다 한 번 같이 싫어해주는 게 나을 수 있다. 백 번 편 들어주는 것보다 한 번 같은 적을 두어주는 게 나을 수 있다.

사랑하는 연인이 있다면,
그 사람이 좋아하는 것보다 싫어하는 것이
무엇을 잃퇴 행동하는 것이 사랑의 온도를 오래 지속시킬 수 있다.
좋아하는 것의 만족은 불타오르는 사랑을 만들지만,
싫어하는 것의 만족은 계속 않은 불씨를 만들어 줄 것이다.

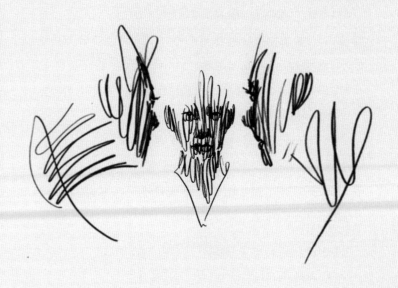

나도 모르게
이해를 강요받고 있다면

"너라면 이해해 줄 거라고 생각했어." 또는 "너라면 그렇게 생각할 줄 알았지." 이런 말과 함께 자신의 잘못된 행위를 무마하려 하거나, 되려 서운함을 나타내는 것은 옳지 못한 처세술입니다. 결국, 나와 상대 간의 친밀도를 앞세워 이해를 강요하는 것밖에 되지 않기 때문입니다.

아주 교묘한 방법입니다. 상대를 무안하게 만들기 쉽고, 나의 잘못은 감추기 쉽습니다. 하지만 이미 일을 저질러놓은 후 나오는 '너라면 이해해 줄 거라 생각했다'는 말을 다시 해석해보면 이렇습니다.

"고작 이것도 이해 못 해줘? 너 다시 봤다."

"우리 사이가 이것밖에 안 돼? 서운하다."

곧, 행위의 수위보단 나와 상대 사이의 친밀도를 먼저 생각한 것입니다.

긴밀한 사이일수록 어떠한 행위로 비롯할, 서로의 감정을 우선시 여겨주는 것이 옳은 사고입니다. 단지 사이의 깊이만을 앞세우며 말과 행동을 섣부르게 하고, 이해를 강요하는 것은 이기적인 마음입니다.

사람은 관계에 대해 쉽게 실수하기 마련입니다. 그러니 당신이 그런 사람이었다면, 지금껏 강요한 이해에 대한 진심 어린 사과를 하고 점차 그런 습관을 고쳐나가는 건 어떨까 합니다.

상대에게서 "너라면 이해해 줄 거라 생각했어."이런 식의 말이 지속적으로 나온다면, 정확히 알려주어야 합니다. 앞으론 우리의 사이보다, 그 말과 행동의 수위를 먼저 생각하자고 말이죠. 서로가 함께한 시간과 기억을 방패처럼 앞세워 두고 정작 서로의 감정은 존중해 주지 않는 모순되는 행동이기 때문입니다. 먼저 진솔한 이야기를 꺼내보고 상대의 태도를 살펴본 후, 관계 정리에 대한 판단을 내리시기 바랍니다. 서로 친하고 긴밀하다는 이유로 이해를 강요받는 그런 관계는 맺지도 말고, 유지하지도 않았으면 좋겠습니다.

서로에 대한 이해가 강요되고 있다면 관계가 삐뚤게 흐르는 것일지도 모릅니다. 이해는 강요에서 나오는 것이 아니라 자진해서 나와야 하는 것입니다. 마음에서 우러나와야 하는 것입니다.

착한 사람이라는 프레임

당신이 주변으로부터 착한 사람이라는 평가를 받고 산다면, 그것은 너무 행복한 일이다. 또 자신이 착한 사람이라고 생각된다면 그것 또한 반듯하게 살아온 삶을 스스로가 증명하는 아주 뜻깊은 일이 될 것이다. 하지만 세상은 착한 사람을 가만히 두지 않는 경우가 많다. 그러므로 착하다는 것은, 결코 자랑할 수 없는 장점이 되기도 한다.

당신은 지금껏 착하게 살아왔고, 주변에게 살갑게 대해왔기 때문에 착한 사람이라는 프레임이 씌워져 있을 것이다. 주변으로부터, 자신으로부터. 하지만 그러한 착한 심성을 처음 보는 상대에게 내비치는 순간 '약한 사람'으로 보이기 일쑤이다. 의도했건 하지 않았건, 당신은 쉽게 당하는 사람이 될 수 있다. 또 그것을 스스로가 만든 착한 사람이라는 프레임에 맞줘 용서해주는 사람이 될 수도 있다.

'착하다'의 정의는 상대적인 개념이다. 아무리 착한 사람이라도 누군가에게 나쁜 사람이 될 수 있고, 아무리 나쁜 사람이라도 누군가에겐 착한 사람이 될 수 있다. 무조건적인 착한 사람이라는 평가와, 내가 착하다는 자부심이 있다면 그것은 관계에 대한 나의 태도를 뒤돌아봐야 할 일이다.

나 또한 누군가에겐 착하지만, 누군가에겐 나쁜 사람이 될 수 있다는 열린 생각을 가지고 사람을 대하길 바란다. 내가 소중히 여기는 사람들에게는 정말 착한 사람이지만, 아닌 사람에게는 쉽게 거절도 할 줄 알아야 하고, 기분 나쁜 티도 팍팍 내며 살아갈 수 있어야 한다. 그런 것들을 착한 사람이라는 프레임에 막혀 표현하지 못한다면, 당신은 쉽게 당하는 사람이 될 것이다. 그런 사람 말고, 공감능력이 뛰어나다 혹은 이해심이 남들보다 좀 넓은 편이다 정도로 세상을 살아가는 것은 어떨까 한다.

주변에서 착한 사람 같다는 말이 들려온다면 한 번쯤 의심하자. 내가 정말 착한 사람 같아서 그런 것인지, 그런 나를 이용하려는 건지. 나 스스로가 착한 사람이라 생각한다면 한 번쯤 의심하자. 괜히 복잡해질까봐 이해해줬던 일들 때문에, 스스로를 착한 사람으로 몰아간 건 아닌지.

착한 사람이라는 프레임에 갇혀 살다 보면, 사람들은 당신을 쉽게 볼 것이고, 나는 쉽게 용서하는 사람이 된다. 남에게 착한 사람보단, 적당히 이해해주면서 나에게 좋은 사람으로 세상을 살아가자.

앞모습보다는
뒷모습을 신경 씁니다

길을 지나가던 도중 익숙한 목소리의 누군가가 나의 이름을 부릅니다. 혹시 나를 불러 세우는 건 아닌가 싶어 뒤를 돌아봅니다. 뒤에선 몇 년 전에 연락이 끊겼던 대학교 친구가 반갑다는 인사를 하며 손을 흔들고 있었습니다.

"야, 진짜 오랜만이다. 어떻게 지내고 있었어?"

"연락 한번 없냐. 서운하게."

"요즘 뭐 하고 있어?"

"여기 사는 거야?"

"어떻게 여기서 만나냐."

"야, 지나가는데 뒤통수가 딱 너인 거 있지."

우리는 서로의 안부를 이것저것 묻곤, 들뜬 마음을 가라앉힌 후 조만간 밥 한번 먹자는 인사를 나누며 각자의 갈 길로 돌아섰습니다. 나는 가던 길을 가며 생각했습니다. 내 뒤통수가 꼭 나와 같나 하고. 얼굴을 보고 알아본 게 아닌, 뒤통수를 보고 나를 불러 세웠다는 게 참 묘한 일인 것 같다고.

그래서 괜스레 마음이 무거워지기도 합니다. 그 친구와 뒤 끝이 좋지 않았다면, 우린 서로를 알아봐도 모른 척하고 지나가진 않았을까. 어쩜 뒤통수를 보고 알아봤다는 말, 내 뒷모습이 그래도 알아봐 줄 만큼 그럭저럭 괜찮았다는 말처럼 느껴집니다.

살아가다 보면 나도 모르게 실수를 자주 저지릅니다. 언제, 어디서, 어떻게, 어떤 연으로 다시 이어질지 모르는 사람들에게 나의 뒷모습이 실수를 저지르진 않았을까 내심 마음이 무겁습니다. 그동안 수많은 사람들과 연을 이어가며 나의 뒷모습이 안 좋게 비춰진 적 있진 않았을까 또한 마음이 무겁습니다.

어쩌면 사람은, 앞모습보다 뒷모습이 아름다워야 합니다. 첫인상보다, 마지막 모습이 깔끔해야 사람들이 나를 알아주고 기억해주기 때문입니다.

그 이후론 자주 뒤를 신경 씁니다. 겉도 속도. 예전엔 전신 거울을 두고 나의 앞모습만 꾸미기 바빴지만, 불편한 자세로 살짝 고개를 돌려 뒷모습도 확인해 주곤 합니다. 아, 이 정도면 누군가 나를 또 알아봐 주지 않을까 하고. 요즘은 그렇게 앞모습보다도 나의 뒷모습을 단정히 정리하려 노력합니다. 첫인상보다, 마지막 모습이 아름답기를 바랍니다. 앞을 보고도 지나칠 사람 말고, 뒤를 보고도 찾아가 알아봐 줄 만한 사람이 되고 싶습니다.

첫 인상보다,
마지막 모습이 아름답기를 바랍니다
앞을 보고도 스쳐갈 사람 말고,
뒤를 보고도 쫓아가
앞바퀴를 만든
사람이 되고 싶습니다.

피하면 득이 되는 사람

1. 다른 것뿐인데 틀린 거라며 이유를 설명해 설득시키는 것에 집착하는 사람.

2. 같이 있으면 내가 별로인 사람처럼 느끼게 만드는 사람. 그런 언행을 일삼는 사람.

3. 어디선가 나에 대해 나쁜 말을 하고 있을 때, 방관하고 그 분위기에 맞춰 그 사이에 합류하는 사람.

4. 나를 위한다는 말을 가장해서, 심한 말을 지속적으로 뱉는 사람.

5. 무리를 지어 타인을 모욕하는 것에 익숙한 사람. 언젠가 나도 그 모욕의 대상이 될 것 같은 의심이 드는 사람.

6. 의심이 가는 것을 작은 것 하나조차 기억하지 못하는 사람. 그랬었나? 정도의 모르는 척으로 거짓말을 자주 하는 사람.

7. 나의 잘못이 아니어도 본인이 의도한 생각과 맞지 않을 때엔 화를 내는 사람. 기분이 태도가 되는 사람.

8. 나와 친한 주변인을 뒤에서 욕하려는 사람. 나의 주변을 소중히 하지 않고, 나의 소중한 주변을 가볍게 여기는 사람.

내가 생각하기에
별거 아닌 일로 서운해하는 상대

"별거 아닌 일로 왜 그래."

"왜 별일 아닌 거로 서운해하는데."

사랑하는 사람들끼리는 서운함이 자주 생깁니다. 연인 관계가 아니라도 서로가 좋아하는 사이에서는 꼭 서운함이 생기고, 그것을 격하게 표현하기도 하죠. 서로에게 바라는 것이 많고, 내가 생각해주는 만큼 보살핌 받았으면 하는 보상 심리 때문일 것입니다.

서운해하는 상대도 이 사실을 알고 있습니다. 그래서 자신이 너무 사소한 것에 과민 반응하는 건 아닌지, 욕심을 부린 건 아닌지 되돌아보곤 할 것입니다. 서운함을 표현하고 후회할 때가 많을 것이고, 잠깐의 감정을 못 이겨 화를 냈구나. 자책하기도 하겠죠.

하지만 그런 상대에게 "별일 아닌 것에 왜 그래." 같은 반응을 한다면 잘못은 나에게 있습니다. 상대방은 별일이어서 서운한 게 아니거든요. 좋아하고 소중히 여기는 만큼 서운한 감정이 생긴 탓일 겁니다. 어쩌면 그런 말을 들은 상대는 '내가 별일 아닌 것에 서운해했구나' 반성보단, '내가 너에겐 별 것 아닐 수도 있구나' 상처를 받게 될 것입니다. 나는 이 일이 유난히 서운하고 크게 느껴지는데 너한텐 별일 아니구나. 싶으면서, 허무한 감정이 들기도 할 것입니다.

서운해하는 소중한 사람에게, 두 번 서운할 말은 하지 않았으면 합니다. 그 말을 해봤자 서로 감정만 상하게 될 것입니다. 내가 생각할 땐 별일 아닌 일로 서운해하는 상대. 그 마음만은 별일 아닌 것처럼 느끼게 하지 않았으면 합니다. 그 서운함을 먼저 알아주자는 것입니다. 먼저 미안한 마음을 건네어 풀어주도록 합시다. 그렇게 미운 감정이 사그라들었을 때, 나의 심정을 조심스럽게 이야기하는 것은 어떨까요.

그때 서운하게 해서 미안하다고. 앞으론 조심하겠다고. 하지만 우리 서운하다고 해서 화를 내진 말고 차분하게 말해주기로 하자고. 또는, 네가 서운함을 느낀 부분은 이런저런 나의 입장도 있으니, 이 부분에선 이해가 오갔으면 좋겠다고.

그렇게 먼저 알아주고 미안해한다면, 후에 상대도 제안을 응해줄 것입니다. 상황을 알아줄 것입니다. 이해해줄 것입니다.

좋아하는 만큼 사소한 것에도 서운해지는 것이 사람입니다. 소중히 생각하는 만큼 서운함이 자주 생기는 것이 사람마음입니다. 그런 사람의 마음마저 별거 아닌 것으로 만들지 않았으면 합니다.

두 번 서운할 말을 당장 입 밖에 꺼내지 않는 것. 그것이야말로 별거 아닌 일로부터 내 사람을 지키는 현명한 방법입니다.

너무 깊은 간섭은
상대를 불편하게 만든다

사람은 본능적으로 타인과의 관계를 맺으며 살아가는 사회적 동물입니다. 어느 장소 안에서 함께 행동하고, 얼굴을 마주 보며 이야기를 하고, 비슷한 감정을 공유하며 공감을 합니다. 하지만 동시에, 그것과는 반대되는 본능이 하나 더 있습니다. 어떠한 감정을 숨기고 싶어 하고, 홀로 사색을 즐기고 싶어 합니다. 나만 알고 있는 사실을 비밀로 간직하고 싶어 합니다.

오래 알고 지내다 보면 얼굴만 보아도, 목소리만 들어도 어떤 상태인지 알 수 있는 사이가 있습니다. 사랑하는 연인이라든가, 친한 친구들 또는 피를 나눈 가족 그리고 오래 함께 일한 직장 동료가 될 수 있겠죠. 서로가 너무 긴밀한 나머지 말을 하지 않아도 웬만큼은 다 알 수 있는 그런 사람들

말입니다.

　그런 소중한 사람이 있다면, 서로 노력해야 할 것은 소통과 공감보다 깊은 간섭을 자제하는 것일 수 있습니다. 소통이 안 되어서, 감정의 공유가 적어서보다도, 각자가 지키고 싶은 선을 넘는 간섭 때문에 관계가 틀어지고 스트레스를 받는 일이 많기 때문입니다. 대부분 이러한 간섭의 선을 알고 있으면서도, 지켜주려고 하지 않습니다. 우리 사이에 선을 지켜야 한다는 것 자체가 씁쓸하게 느껴지기 때문입니다. 우리가 어떤 사이인데… 이렇게 괜한 섭섭함이 생기곤 합니다. 부정하고 싶은 선이기 때문입니다.

　하지만 가끔은 혼자 있고 싶거나 숨기고 싶은 것 또한 관계를 맺어 살아가고, 공감하는 것과 같은 사람의 본능 중 하나란 걸 잊지 않는다면 조금 덜 섭섭해 하면서 서로를 존중해줄 수 있지 않을까 합니다. 단지 인간이 지닌 본능 중에 하나라고 생각하면서 말입니다.

　상대의 어떤 면을 알고 싶더라도, 함께 해결해주고 싶더라도 상대가 꺼리는 느낌이 든다면 가끔씩은 모른 척해주고 살아갑시다. 설령 나의 간섭이 그 사람을 위할 수 있는 일이더라도 가끔씩은 적당히 내버려두고 살아갑시다. 그것이 당신의 소중한 관계를 해치지 않는, 어렵지만 쉬운 방법이 될 것입니다.

서로가 들키지 않고 싶은 마음, 혼자만이 알고 싶은 비밀,
혼자만의 시간, 각자만의 취향. 분명히 존재합니다. 아무리
친하더라도 긴밀하더라도 공유할 수 없고, 공유하기 싫은 것
들. 분명히 존재합니다. 그것을 존중하며 적당히 간섭하고
살아가길 바랍니다. 그런 것들을 존중받으며 함께하는 삶을
살아가길 바랍니다.

맞지 않는 신발에
발을 억지로 구겨 넣을 필요 없다

예쁜 신발보다 잘 맞는 신발이 편한 신발이듯 또 편한 신발을 자주 찾고 오래 신고 다니듯, 또 그것이 건강에 좋듯. 사람 관계도 이와 같다. 맞지 않는 신발에 당신의 발을 억지로 구겨 넣고 다니는 것은 미련한 행동일 것이다. 곧, 당신과 맞지 않는 연을 위해 억지로 마음을 구기지 않아도 된다. 그런 이들로 인해 불편할 필요 없으며, 당신의 마음이 아플 필요 없다. 그렇게까지 신고 다닐 필요 없다. 그런 관계가 있다면 맞지 않는 신발을 신발장에 두고, 맞는 신발을 신는 편한 마음으로 사람들과의 연을 이어가자.

나를 불편하게만 만드는 관계는 이제 그만 접어둘 것. 내가 끌려 다닌다는 느낌이 든다면. 주체를 나로 바꾸고, 편하게 생각할 것. 누구에게도 나를 구겨서 맞춰가지 말 것.

나는 어쩌면 지금껏 맞지 않는 관계에 마음을 구부려온 미련한 사람일지도 모른다. 그러니 마음이 고단할 수밖에. 오래가지 못할 수밖에. 건강하지 못할 수밖에. 아플 수밖에. 다칠 수밖에. 후회가 될 수밖에.

사람과 사람 사이

문장에도 띄어쓰기라는 공백이 있듯, 관계에도 사이라는 공백이 있습니다. 내 눈에는 잘 보이진 않지만, 필연적으로 존재하는.

사람 사람   사람 사람   사람

사람   사람   사람 사람   사람

어쩌면 이 세상에는 사람 그 자체보다, 사람 간의 사이가 더 많을지도 모릅니다. 그리고 그것은 더 깊고 넓을지도 모릅니다.

하지만, 우리는 사이보단 사람을 보기 일쑤입니다. 사이는 눈에 보이지 않는 법이거든요. 그래서 연인 간에는 오래 알고 지낸 이성 친구를 만난다고 하면 다툼이 일어나곤 합니다. 한쪽이 일방적으로 서운해하는 탓이죠. 이도, 사이보단 내 연인이라는 사람 하나를 보았기 때문입니다. 또 내가 싫어하는 사람과 친하게 지내는 내 친구를 보며 질투와 서운함을 느낍니다. 마찬가지로 친구와 어떤 사람에게 있는 사이보단, 내 친구라는 사람 한 명을 보았기 때문입니다.

누군가와 누군가에게 있는 사이는 참 다양한 깊이를 가졌습니다. 난로처럼 너무 가깝지도 멀지도 않은 사이일 수도 있고, 작업실 의자처럼 오랜 시간을 함께한 사이일 수도 있습니다. 금은보화가 숨겨진 곳에도 서슴없이 데려갈 수 있는 그런 값진 사이일 수도 있습니다.

하지만 우리는 사이를 가늠해보지 않고, 보이는 그대로의 사람만을 봅니다. 사실은 사이를 가늠하기 싫은 것일 수도 있습니다. 그러기 때문에 상황의 오해가 생기고 괜한 서운함이 생깁니다. 하지 말아야 할 질투가 생기고 미움이 생기기도 합니다.

관계 안에서 무조건적인 이해는 나올 수 없지만, '그 사람' 보다 먼저 '그 사람과 어떤 사람에게 있는 사이'를 가늠해준다면 조금은 유하게 흘러가지 않을까 합니다. 사람은 내 옆에 있는 지금입니다. 하지만 사이는 곧 상황이고 과거이며 미래이고 거리입니다. 환경이며 삶의 일부이고 생업입니다. 그리고 나와 함께가 아닌, 내가 없을 때의 그 사람입니다. 결국

이 모든 것들도 전부 그 사람의 삶이며, 그러한 사이들이 모여 상대가 지금 내 옆에 있는 것일 수도 있습니다.

사람과 사람 간의 사이를 존중해 주세요. 삶과 삶 간의 사이를 존중해 주세요. 사람 하나만 보고 모든 걸 이해하려 하지 마세요. 관계에 대해서 조금 더 넓은 시야를 가져주세요.

문장에도 띄어쓰기가 있어야 온전한 문장이듯, 사람에게도 다 각자만의 사이가 있어야 온전한 삶이 됩니다. 띄어쓰기를 놓치지 않고 읽어주어야 완벽한 문장처럼 들리듯, 관계의 사이도 놓치지 않고 읽어주어야 상대에게 온전한 삶을 선물할 수 있습니다.

"넌 생각해서 하는 말이야."
정말 날 생각해서 하는 말이야?

우리는 종종 "넌 생각해서 하는 말이야."라는 말과 함께 조언을 주고받는 상황을 겪을 수 있습니다. 하지만 곧, 상대를 생각한다는 좋은 포장에 숨겨진 상처받을 만한 말을 주고받는 경우가 대부분이죠. 평소에 하지 못한 꾹 참아왔던 말을 '넌 생각한다.'라는 방패를 앞세워 양심의 가책 없이 하곤 합니다.

물론 정말 상대의 앞에 놓인 관계나 삶을 헤아려주는 진심 어린 마음도 있겠습니다. 하지만 "넌 생각해서"라는 말을 붙인 이상, 상대의 기분도 충분히 생각해 주어야 합니다. 해주고 싶은 말이 있더라도 기분이 상하지 않는 선에서 말을 해야 하며, 자신이 정답인 듯이 상대에게 훈수를 두어선 안 됩니다. 특히 답이 딱 정해져 있지 않은 예민한 부분에서는 말이죠.

진정, 상대를 생각해서 하는 말이라면 이런 부분도 있지 않겠냔 정도의 방향 제시를 하며 부드럽게 풀어 말해주세요. 괜히 정신 차리라고 과격한 어투를 쓰거나 상처 될 말을 섞어가며 조언하지 마세요. 그것은 상대를 위해서 하는 말이 아닐수도 있습니다. 선택은 상대가 하도록 다른 시선을 건네주는 것이 진정 상대를 위하는 일이기 때문입니다.

주변에 자꾸 날 위한다며 심한 말을 일삼는 사람이 있다면 정확히 말해주세요. 그건 나를 위한 말이 아니라 네 맘 편해지고자 하는 말 아니냐고 말이죠. 그런 심한 말들로 서로 감정 상할 일, 만들지 않았으면 좋겠다고 하면서요.

진심으로 생각한다는 말에 숨어 상대를 가격하지 마세요. 또 그런 말 뒤에 숨은 상대에게 맞아 주지도 마세요. 상대의 인생뿐 아니라 상대의 지금 심정 또한 헤아려주며 말을 건네는 사람과 함께하세요. 또 당신이 먼저 그런 사람이 되어주세요.

서로를 생각한다는 말과 모순되지 않게, 서로를 온전히 존중해 주는 관계가 되었으면 합니다.

한번 떠난 마음은
돌이킬 수 없다

한 번 떠난 마음은, 내가 어떻게 해본다고 해서 돌이킬 수 있는 것이 아니다. 모래시계를 거꾸로 뒤집는다고 해서 시간이 거꾸로 흐르지 않듯, 그간의 모든 것을 뒤집어 보려고 해도 이미 흘러간 마음은 다시 되돌릴 수 없는 것. 그렇게 정해졌고, 다신 돌아올 수 없는 것. 돌아올 마음이라면 굳이 노력하지 않아도 돌아올 것이고, 떠나갈 마음이라면 아무리 노력한다 해도 돌아오지 않는 것.

이미 떠난 마음을 예전처럼 되돌리려고 하지 말 것. 한 번 떠난 마음은 애쓴다 해도 되돌릴 수 없을 것이기에.

그것으로 인해 오래 아파하지 말 것. 언젠가 당신의 마음을 품어줄 사람이 나타날 것이기에.

큰 기대를 하지 말고, 무겁게 생각하지도 말 것. 시간과 같이 그 흐름대로 흘러가는 것이 인연이기에.

큰 기대를 쥐지말고,
무겁게 생각하지도 말 것.
시간과 같이 그 흐름대로
흘러가는 것이 인연이기에.

사회생활을 하면서 느끼게 되는 것

1. 앞에서 나에게 건네는 말과, 뒤에서 나에 대해 소곤거리는 말은 다르다. 말의 앞면만을 믿지 말자.

2. 속상한 일이 있어도, 그것에 대해 쉽게 말을 꺼내지 않는다. 숨기려는 것은 아니고, 누군가에게 그 배경과 이야기를 설명하면서 내가 또 속상하고 화나기 때문이다. 그래서 이젠 '그냥…' 정도의 짧은 말로 나의 상태를 대신한다.

3. 어릴 때에는 내가 아프고 다치면 엄마가 더 아파하고 고생했는데, 이젠 모든 설움과 고생이 나에게 온다. 언제 어디서든 몸조심을 하자.

4. 생각보다 이유 없이 미움받는 일이 많다. 그것에 대해 이유를 따지면 내가 힘들어진다.

5. 예민해졌다. 별로 예민하지 않을 일도 유독 예민해진다. 자잘한 것에 이해를 해 줄 여유가 없어진 것 같다.

6. 매번 참아주기만 하면 호구가 된다. 예전에는 호구처럼 보이는 것에 그쳤는데, 이젠 스스로가 정말 호구가 된 것 같다. 사람들은 그것을 보고 "사회생활 하면서 성격이 많이 죽었다." 하는 것 같다.

7. 적의 적은 나의 친구다. 하지만 친구의 친구는 나의 친구가 되지 않는다. 묘한 일이다.

8. 시간은 많아도, 여유는 없다. 그래서 그냥 다음에 해야지 하면서 미루는 일이 많다. 잘 살고 있는 건가 싶더라.

9. 예전에는 한 번 웃으면 그 웃음이 뒤돌아선 후에도 이어졌는데, 이젠 웃고 바로 무표정으로 뒤돌아선다. 가끔은 웃기지 않은 일에 억지로 미소를 짓느라 볼에 경련이 일기도 했다. 힘을 주며 웃는 기분이 든다.

매번 어쩔 수 없는 상황이었다며
상처를 주는 사람이 있다면

"이런저런 상황이라 어쩔 수 없이 그렇게 됐어."

"어쩔 수 없었어. 미안해."

물론, 정말 어떤 상황 때문에 어쩔 수 없이 그런 일이 일어
날 수도 있습니다. 믿어주는 것은 당신의 몫이 되겠죠. 몇 번
은 이해해주고 믿어주는 것이 옳습니다. 몇 번은 속아주는 것
도 괜찮습니다. 누구나 어쩔 수 없는 상황이 오면 당황하기
마련이고, 옳은 선택을 하지 못할 수도 있으니까요. 하지만
이것만큼은 알아두었으면 합니다. 그 어쩔 수 없는 상황이 진
실이건 거짓이건 상대는 '선택'을 한 것입니다.

사람은 살면서 어쩔 수 없는 상황에 놓이게 됩니다. 극단
적인 예로, 흔히 던지는 농담인 "나랑 쟤랑 물에 빠지면 누굴
구할 거야?" 정도가 있겠습니다. 누굴 구하더라도 어쩔 수
없는 상황이었으니 한 명을 구하게 될 것입니다. 중요한 건

그런 농담에서조차 우리는 '선택'을 해야 한다는 것이죠.

그 어쩔 수 없는 상황이라도 모르고 했을 확률은 적다는 것입니다. 다 알지만, 어쩔 수 없기 때문에 내가 서운해할 만한 선택을 했고, 나를 고려하지 않은 선택을 했다는 것이죠. 어쩔 수 없이 나의 기분을 그 상황에서 배척한 것입니다. 모르고 한 것이 아니라, 선택을 한 것입니다. 만약 모르고 했다면, 당신은 이미 그 상대에게 자주 기억나지 않는 사람일 뿐입니다. 나를 자주 까먹는 사람일 뿐이고, 나는 상대에게 소중한 사람이 아닐 뿐이겠지요.

가끔씩은 그런 상황을 용서해주어도 문제없습니다. 하지만 그런, 어쩔 수 없이 나의 감정과 기분을 택해주지 않는 상황이 자주 일어나는 사람에게는 나도 어쩔 수 없는 선택을 해주어야 합니다. 나에게 어쩔 수 없이 상처를 주고, 배신하는 사람은 나도 어쩔 수 없이 선을 그어야 합니다.

상대의 어쩔 수 없는 상황을 너무 많이 믿어주고 용서하지 마세요. 그 상황이 실제로 일어났든, 거짓으로 지어낸 상황이든 상대는 엄연한 '선택'을 한 것이고 그 선택의 기로에서 당신이 자주 제외되었거나, 기억나지 않았을 뿐이니까요.

자주 표현해 주세요

자주 알아봐 주세요.

아직은 덜 친한 사람에게 호칭 말고, 가끔은 이름을 불러 주세요. 그 이름 한마디에 당신은 따뜻한 사람이 되고, 상대도 당신에게 따뜻하게 대할 용기를 가지게 될 것입니다.

자주 안부를 물어봐 주세요.

잘 갔다 왔어? 밥은 먹었어? 자주 물음을 던져 주세요. 어쩌면 그 작은 물음으로 인해 당신은 궁금한 사람이 되고, 사람들은 당신을 알아가고 싶어 할 것입니다.

자주 전달해 주세요.

고마워, 미안해. 괜찮아? 보고 싶어. 자주 마음을 전달해 주세요. 고맙단 말엔 미안하단 말이. 미안하단 말엔 고맙다는 말이. 괜찮냐는 말엔 보고 싶다는 말이. 보고 싶다는 말엔 괜찮냐는 말이 따라올 것입니다. 자연스럽게 서로에게 소중한 사람들임을 기억할 수 있습니다.

그러니 앞으로, 자주 표현해 주세요.

잘 있다 왔어? 밥은 먹었어?
고마워, 미안해.
괜찮아? 보고 싶어.

그녀가 건강을 챙기는 이유

최근 들어 우리 엄마에게는 일종의 입버릇이 하나 생겼다. "건강 챙겨야지."라는 말이었다. 또 그것을 행동으로 옮기려고 노력하는 하루를 보낸다. 건강에 좋은 것이 있다면 꼭 챙겨 먹고, 몸에 좋지 않은 것은 철저히 식탁 위에 올리지 않는다. 등산을 자주 가며, 음식은 늘 싱겁게. 영양제도 꼬박 꼬박. 일찍 자고 일찍 일어나며 규칙적인 하루를 보낸다.

그런 엄마에게 궁금한 마음이 들어 물어보았다.

"요즘 엄마 몸 챙기는거 보면 내 마음이 다 편하다. 나랑 오래 같이 살려고 그러시나?"

엄마는 답했다.

"이렇게 해야 나중에 아들이 덜 고생하지."
"응?"

"늙어서도 엄마가 건강해야 모두 편하고 갈 때도 편하게 가는 거야. 엄만 지금이라도 건강 챙겨서 편하게 죽고싶어. 너 고생 안 시키게. 할머니도 그렇고 외할머니도 그렇고 돌아가실 때 얼마나 고생이 많았는지… 남겨진 사람들도 그랬고….”

"엄만 무슨 벌써 죽는단 소리를 해? 나랑 오래오래 살 생각해야지.”

나는 아무렇지 않은 표정을 했지만, 엄마의 답을 듣는 순간 누가 와서 머리를 퉁 하고 때리는 기분이 들었다. 아, 우리 엄만 벌써 그런 준비를 하고 있었구나. 이런 생각이 나의 머리를 퉁. 아, 우리 엄마에게는 벌써 그런 걱정이 있구나. 나의 고생을 미리 그려보고, 이미 준비를 하고 있었구나. 죽기 직전까지도 내 고생을 신경 쓰는 사람이었구나. 엄마는 그런 사람이었구나.

"이렇게 해야 나중에 아들이 덜 고생하지.”

너무 늦게 알아버린 건 아니겠지. 아직은, 엄마와 나 사이에 시간이 많이 남아있는 거겠지. 나는 덜컥 겁이 났다.

사람은 누구나 누군가를
미워해야 한다

길거리를 지나가다 보면, 쓰레기를 버리는 곳은 아닌데 쓰레기 무더기가 있는 곳이 간혹 보입니다. 또 금연 구역이라 쓰여 있지만 담배꽁초가 조금이라도 널브러진 곳에는, 담배를 태우고 꽁초를 바닥에 버리는 사람들을 쉽게 볼 수 있습니다.

사람들은 쉽게 휩쓸리고 따라합니다. '저 사람도 그러는데, 나도 저래도 되겠구나.' 따위의 심리를 가지기 쉽습니다.

쉽게 휩쓸린 마음으로 쓰레기를 버리듯 '시기'와 '미움', '질투' 같은 부정적인 감정들 모두 같은 이치 아닐까 합니다. 사람들은 모두 마음에 미움이란 쓰레기를 가지고 살아갑니다. 하지만 그런 미움은 마땅히 버릴 곳이 정해져 있지 않아 담아두기 마련이죠.

그러기에 쉽게 휩쓸립니다. 누군가 쓰레기를 버리면 그것을 보고 그곳에 따라 버리는 것처럼.

"저기가 버리면 되는 곳인가 보다."
"저 사람도 버리는데 나도 버려도 되겠지?"

그런 동질의 미운 마음을 가진 사람들은 쉽게 선동되어 모이고 결국 같은 곳에 미움이란 쓰레기를 버리는 것이죠. 버리면 버릴수록 괜히 더 미움이 커져 갑니다. 미운 마음이 그들 사이에 오가며 증폭되는 것이죠.

어쩌면 그것은 자연스러운 해소 방법일 수도 있습니다. 아주 자연스럽게, 담아두지 못해 비워낼 대상을 찾고 미워하는 것입니다.

그래서 당신은 필연적으로 미움을 받고 살아갈 것입니다. 내 잘못이 아닌 것 같은데, 어느 집단에서 나는 쓰레기장 같은 취급을 받을 수도 있는 것입니다. 나를 아껴주던 사람이, 어느새 나에게 미운 감정을 쏟아내는 사람이 되어 있을 수도 있습니다. 나와 상관없는 사람이, 뒤에서 내 욕을 하고 있을지도 모릅니다. 그것에 대해 너무 많은 이해를 하려 하거나, 원인을 찾으려 할수록 상처는 당신이 받을 것입니다. 골치 아픈 것도 당신의 몫이 될 것입니다. 이유 없는 미움에는 이해를 하려하지 말고, 깊은 원인을 찾으려 하지도 않는 게 현명한 대처일 것입니다.

쓰레기를 버리는 사람에게 이유가 있을까요? 또 쓰레기를 버리는 원인이 그 장소에게 있을까요? 버린 사람에게, 쓰레기를 버림으로 인해 일어날 일들이 중요할까요? 일어날 일을 생각이나 할까요? 예상을 하고 버릴까요? 아닙니다. 단지, 불편해서, 버리고 싶어서 가벼워지고 싶어서 그런 것뿐입니다.

당신에 대해 아무 생각 없이 판단하고 미워하는 사람들로 인해 마음 아파하지 마세요. 별 시덥잖은 미움 때문에 당신이 망가지지 마세요. 가장 현명한 복수는 '미움 받아도 올곧은 나' 그것으로 인해 그들에게 생길 '박탈감'. 이것 하나입니다. 나에게 숱한 쓰레기를 던져도 여전히 깨끗한 '나'입니다. 그러거나 말거나 무시하는 '나'입니다.

당신에 대해 아무 생각 없이 판단하고
미워하는 사람들로 인해 마음 아파하지 말 것.
뭔 사람들은 마음 때문에 내가 망가지지도 말 것.

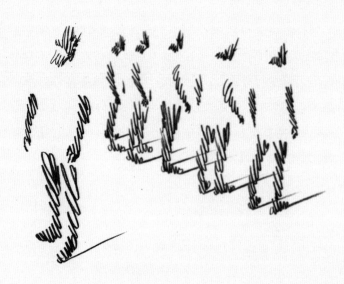

만날 사람은 어떻게 해서든
만나게 되어 있다

이어지지 않을 사람이었다면 서로를 바로 앞에 두고도 알아보지 못할 것이고, 이어질 사람이었다면 서로 모르고 살법한 곳에서부터 어떻게든 만나 이어지게 되어 있다. 인연이 아닌 사람이라면, 서로에게 기대가 충만하고 같은 모형의 마음을 가지고 있더라도 알아갈 시기를 만나지 못할 것이고, 인연이라면 서로에게 관심이 없고 겹치는 부분이 없더라도 서로를 알아줄 시기를 어떻게 해서든 맞이하여 이어지게 되어 있다.

사람과 사람 관계는 한 사람의 노력만으론 감히 조정할수 없다는 것.
수많은 시간과 수많은 배경 그리고 수많은 만남을 통해정해지게 되어 있다는 것.

너무 애타게 찾아다니지 말고, 그렇다고 너무 부질없이 생각하지도 말 것.

　모든 만남을 위한 노력과 관계로 인해 쓰인 시간은 전부 헛된 것 하나 없이 이어질 인연으로 향한다는 사실. 그것을 잊지 말고 살아갈 것.

모르는 것보다
더 모르는 것

모르는 것보다 더 모르고 있는 것은 편견을 가지고 있는 것이다. 모르고 있는 사람은 받아들일 준비가 되어 있지만, 편견을 가진 사람은 받아들일 준비가 되어 있지 않기 때문이다. 잘못된 것을 잘못으로 받아들이지 못하고 자신이 옳다 믿기 때문이다. 그러하여, 잘 알지도 못하면서 다 아는 척 고집부리는 사람이 될 뿐이다. 편견이란 색안경을 쓰고 바라본다면 대상과 상황을 온전히 해석하지 못하는 답답한 사람이 될 뿐이다.

1. 편견을 가진 상대와의 대화는 나에게 답답함만 쌓이는 일이 될 것이다. 되도록 길지 않게 마무리할 것.

2. 내가 가지고 있는 편견을 최대한 버리고 살 것. 대상을 있는 그대로 바라보고 나의 짧은 지식에 사로잡히지 말 것. 공정하게 살아갈

수 있으며, 통찰력이 있는 사람이 될 것이다.

3. 편견이 도저히 없어지지 않는 상황에는 입을 적게 열고 귀를 많이 열 것. 나의 무지를 숨기며, 또 다른 시각을 배울 수 있는 현명한 방법이다.

가장 큰 무지는 편견이다. 세상을 올곧게 보기 위해선 나의 주위에 있는 편견을 최대한 멀리하자. 편견 그 자체도, 편견을 가진 사람도. 그러한 나의 대처는 삶 안에서의 불필요한 다툼과 감정 소모를 줄여 줄 것이다. 통찰력과 지혜를 배울 수 있는 길을 안내해 줄 것이다.

관계의 온도는
한 획 차이

응. 응. 겨우 한 획 차이이지만, 온도의 차이가 확연히 느껴지는 대답입니다.

응 옆에는 왠지 모르게 "~ ~"정도의 따뜻한 말이 붙어 있을 것 같습니다. "응 밥 먹었지 당신은?"같은. 그에 반해 응 옆에는 여지없이 마침표가 붙을 것 같습니다. 응. 정도의 차가운.

어쩌면 이처럼, 관계의 온도는 한 획정도의 작은 차이에서 나오지 않을까 합니다. 정말 커다란 것의 차이가 아니라 딱 저만큼의 조그만 차이가 우리의 분위기를 은은하게 데워주기도 하고, 냉랭하게 식어버리도록 만들기도 합니다.

곁에 있는 어떤 사람에게 잘해 주기 위해, 너무 많은 이야기를 쏟을 필요는 없습니다. 관계의 온도를 이어가기 위해 많은 것을 지어내려 하지 않아도 됩니다. 정말 작은 획 정도의 사소함만 이어준다면, 그 뒤의 이야기는 저절로 따뜻하게 쓰일 것입니다.

그 획이 무엇인지 그 누구도 알지 못합니다. 알려주지도 못합니다. 단지, 함께하는 둘 사이에서 찾아 나가야 합니다. 그 둘 사이에서만이 찾을 수 있습니다. 정말 작은 한 획정도의 사소함으로 따뜻한 온도에 머무는 관계이기를 바랍니다.

"응 나도 보고 싶어" 같은 따뜻함 말입니다.

경청하는 습관은
나를 좋은 사람으로 만듭니다

　인터넷은 세상의 모든 정보로 넘쳐나고, 많은 책에는 세상 모든 지혜가 담겨있지만, 사람이 그것들에서 얻을 수 없는 게 하나 있습니다. 경청에서 오는 마음의 치유입니다.

　그래서 우리는 마음의 치유를 위해 주변 사람을 만나곤 합니다. 내가 직면한 감정과 문제에 있어, 어떤 정보와 지혜를 체득하는 것 말고 내 말을 들어줄 상대가 필요한 것이지요. 들어주는 것은 생각보다 많은 힘을 가지고 있습니다. 침묵의 경청은 때때로 그 어느 조언과 조력보다도 큰 힘이 되곤 합니다. 상대가 나에게 고민을 털어놓거나 부조리함에 대해 주저리주저리 말을 하는 것은, 그것에 대한 답을 얻기 위함이 아닙니다. 단지 들어달라는 신호일 수도 있습니다. 정말, 답을 찾기 위해서라면 인터넷이나 책을 찾아봤을 테지요. 사람의 말 말고도 정확한 정보와 지혜로운 해답은 차고 넘쳐납니다.

하지만 들어주고 공감하는 것은 세상에서 오직 사람만이 가지고 있는 능력입니다.

경청하는 습관은 나를 좋은 사람으로 만듭니다. 또 지혜로운 사람으로 만듭니다. 오직 사람만이 가지고 있는 그 경이로운 능력으로 소중한 사람의 마음을 보살펴준다면, 그 마음의 치유는 배가 되어 돌아올 것입니다. 그 경청의 보살핌. 되려 내가 받게 될 것입니다.

또한 누구나 가지고 있는 그 쉬운 능력은, 나의 소중한 곁을 지킬 수 있도록 만들어줍니다. 그리고 곧, 나는 사람들이 앞다투어 보고 싶어하는 사람이 될 것입니다.

경청해주세요. 말을 잘하는 것보다 귀를 잘 여는 것이 중요한 세상에 살고 있습니다.

아무리 친해져도
비교는 트지 않았으면 합니다

흔히들 친근한 사이가 되면 '~을 튼다'라는 표현을 자주 씁니다. 어색했던 직장 동료들끼리 반말을 튼다. 친구들끼리 장난 섞인 욕을 튼다. 부부 사이에서 방귀를 튼다. 이런 것들 말이죠. 가까워진 만큼 서로에게 편한 마음이 생기고, 편한 마음이 생긴 만큼 나를 감춰왔던 껍데기를 하나둘 벗겨내는 것입니다. 어쩌면 튼다는 것은 참 좋은 일일지도 모릅니다. 서로의 모습을 조금 덜 숨긴다는 말과 같은 것이니까요. 그것이 조금은 추한 모습이고 보기 싫은 모습일지라도, 서로의 이해를 통해 날것의 모습을 보여주고 받아들인다는 뜻이니까요.

하지만, 아무리 친해져도 트지 않았으면 하는 것이 있습니다. 바로 비교입니다. 가까운 사이의 사람들끼리 대화를 하다 보면 쉽게 비교가 오가기 마련입니다.

"누군 이렇게 해주는데, 너는 왜 그렇게 해주냐."

"누군 저렇게 잘하는데, 너는 왜 못하냐."

비교하며 말하는 것이 상대에게 가장 와 닿을 순 있습니다. 그렇지만, 그 결과는 다소 무겁습니다. 비교당한 상대는 생각보다 큰 수치심을 느낍니다. 박탈감을 얻으며, 둘 사이 관계에 대해 의심을 하게 됩니다. 비교는 관계의 깊이만큼, 앙심을 품게 합니다. 더 친하고, 더 사랑하고, 더 존중했던 사람일수록 비교는 더 큰 미움이 되어 돌아오게 합니다. 더 큰 상실이 되어 마음속에 남게 합니다.

우리가 아무리 가까워지고 편해진다고 해도 비교를 트는 관계는 되지 않았으면 좋겠습니다. 비교하지도 말고, 당하지도 않았으면 좋겠습니다. 나와, 나의 사람은 그 존재만으로 이미 소중합니다. 서로가 곁에 있어 주는 것만으로도 비교할 수 없을 만큼 감사한 일입니다. 남과의 비교를 통해 질타할 필요 없고, 나 또한 남과의 비교를 통해 깎아 내려질 이유, 전혀 없습니다.

자신을 높이면
관계가 어긋난다

높은 굽의 신발은 신으면 쉽게 발을 접지르는 것처럼, 관계도 이와 같습니다. 자신을 높은 곳에 두려고 할수록 쉽게 어긋납니다. 내가 더 커 보이려고 할수록 쉽게 삐끗하고 넘어집니다. 사람들은 나에게 거리를 둘 것이며, 나와의 자리를 피하려 할 것입니다. 나와의 대화에서 가식적인 말만 오갈 것이며, 뒤에서 나는 비웃음 당할 것입니다.

사실 그렇습니다. 내가 더 커 보이려고 노력하는 관계. 상대보다 나를 위로 두어야 마음이 편한 관계. 그런 관계는 진정한 사이가 아닐 것입니다. 내가 낮아도, 나를 크게 만들어주는 사람. 자꾸만 작아지는 서로의 자존감을 높여주는 그런 사람과의 시간을 보내려고 해야죠. 그런 사이의 사람과 함께 해야죠.

자신을 높이려고 하지 않아도 됩니다. 주변에 그런 사람이 있다면, 적당히 거리를 두면 됩니다. 저 스스로 께끗할 것입니다.

기억하고 살아갑시다. 높은 신발을 신는다 해도, 그 사람 자체가 커지는 것은 아닙니다. 단지 그렇게 보일 뿐이지요. 오히려 그것으로 인해 쉽게 넘어질 뿐이지요.

진정한 관계는 필요에 의해
움직이지 않는다

우리는 흔히 관계를 다지고, 인맥을 넓혀갈 때 사람을 보는 기준을 '필요'에 맞추곤 합니다. 서로가 도움될 것을 알고, 서로에게 필요한 부분을 채워줄 수 있다는 생각이 들면, 자주 만나게 되고 그만큼 금방 친해지곤 하죠. 하지만 그렇게 다진 인맥들은 내가 필요함을 충족시키지 못할 때엔 언제라도 나를 떠날 수 있는 사람들입니다. 누구의 잘못이라 딱히 단정할 수 없습니다. 관계를 필요에 의해 구분하는 상대도, 또 그런 의도로 접근한 나도.

필요한 것이 있어, 관계를 넓혀 가려거든 조금은 독해져야 합니다. 내가 쓸모없어진다면, 상대는 언제이고 날 떠날 것이라는 준비를 단단히 하고 있어야 상처를 덜 받습니다. 안 그래도 힘겨운 상황에 주변인들까지 떠나가 버리면 상처는 배가 되어 돌아올 것입니다.

가장 좋은 것은 서로가 필요하건 필요하지 않건, 서로를 소중하게 생각하는 관계를 다지는 것입니다. 하지만 '필요성'에 집중해서 관계를 다진다면 절대 그런 관계는 오지 않을 테지요. 내가 필요성을 따지면, 꼭 필요성을 찾는 상대를 만나게 될 것입니다.

인연에서만큼은 굳이 필요하지 않더라도, 결국 필요해지는 사람과 함께했으면 좋겠습니다.

사야 하지만 딱히 사고 싶은 맘은 들지 않아서 미루고 미뤄 구입을 하는 물건이 있는 반면, 딱히 필요하진 않은 것 같은데 나의 맘을 사로잡고 머릿속에 맴돌아 결국은 사게 되는 것들이 있습니다. 그런 사람과 함께하기를 바랍니다. 필요를 사기보단 마음을 사는 관계가 되었으면 좋겠습니다. 함께 있는 둘을 생각했을 때 어쩌면 잘 맞지 않는다고 느껴지더라도, 굳이 필요하지 않더라도 서로의 마음이 이어지기를 원한다면, 그것은 진정한 관계일 것입니다. 내가 굳이 필요하지 않더라도, 상대가 굳이 필요하지 않더라도, 결국 서로가 필요해지는 소중한 사이가 될 것입니다.

관계는 내가 대해준 만큼 돌아오게 되어 있습니다. 내가 필요에 의해 움직이면 관계도 필요에 따라 움직입니다. 하지만 내가 마음에 따라 움직인다면, 관계 또한 마음에 따라 움직여 줄 것입니다.

필요로 사이를 가득 채우는 사람이 아니라, 마음으로 사이를 촘촘히 채우는 사람이 되길 바랍니다.

화도 내 본 사람이 잘 낸다

매번 참는 것이, 관계에 대한 미덕이라 생각하는 사람이 있다. 생각보다 많다. 그것이 맘 편하기 때문이다. 나 또한 주변에 그런 사람을 몇 두고 있다. 가만 보면 화를 낼 법한 상황인데도, 상대의 입장을 먼저 이해한답시고 뒤로 물러서거나 해야 할 말을 하지 못하는 것이다.

물론 화와 말은 적게 내고 적게 할수록 상황에는 이롭다. 그 당시 상황을 유하게 풀어나갈 수도 있을 것이며, 그 상황으로 인해 더는 골머리 썩일 일도 생기지 않을 것이다. 하지만 상황적으로 옳은 선택이 나에게 이로운 선택이라고 할 수 있을까?

참는 것은 위기 대처로만 보면 탁월한 선택이다. 그러나 그것은 고치는 것이 아닌 '무시'하는 대처에 가깝기 때문에 올바른 선택은 아닐 수 있다. 그러한 무시하는 대처에 익숙해진다면, 다시, 혹은 그것보다 더한 상황을 맞닥뜨렸을 때에 나는 또 무시밖에 할 줄 모르는 사람이 될 것이다. 화내는 법을 모르게 될 것이다. 표현의 농도를 쉽게 조절할 수 없게 될 것이다.

상대의 태도 또한 변하게 될 것이다. 어떤 상황이 와도 내가 화내지 않고 모른 척해줄 거란 생각을 가지기 쉽기 때문에, 나에게 점점 함부로 대하게 되고 나와의 상황을 좋지 않은 쪽으로 몰아가는 것을 허락하는 꼴이 된다.

돈도 써본 사람이 잘 쓰듯, 화도 내본 사람이 잘 낸다. 잘 낸다는 표현은 빈도가 잦다는 것이 아닌, 노하우를 뜻할 때의 '잘'이다. 평소에 별 표현이 없고, 잘 참는 사람이 한 번 화내면 걷잡을 수 없이 폭발하는 이유가 여기에 있다. 그런 사람들은 상황을 무던히도 무시해왔고, 때문에 화를 '잘' 내지 못하는 사람들에 속하는 것이다.

모두가 언젠가는 화를 내고 살아갈 사람이다. 그렇다면 부정적인 상황이 생길 때마다 표현해서 서로의 상황과 관계를 교정해 갈 것인가, 아니면 꾹 참다가 한 번에 폭발해서 상대도, 주위도 다 잃고야 말 것인가. 화를 평생 참고 살 순 없다. 말을 잘하는 것처럼, 화도 잘 내는 연습이 필요하고 그 연습의 시작은 내야 할 순간에 화를 내는 것이다.

매번 참는 것은 미덕이 아니라 미련이다.

나는 가끔 노력하지 않는다

아플수록 단단해진다는 말은 순 거짓이다. 사람은 아플수록 겁이 많아진다. 나를 단단하게 만드는 건 아픔을 딛고 일어난 굳은살이지, 굳어지지 않고 덧나기만 할 아픔이 아니다. 모든 고난이 나를 단단하게 만든다는 미련을 버려야 한다. 어떤 고난은 포기하고 피해 줘야 성장할 수 있다. 아프기만 할 때에는 행군하지 말고 쉬어가야 할 때. 잠도 푹 자고, 맛있는 것도 먹고, 좋은 사람만 만나며 휴식기를 가져야 할 때. 그렇게 언제든 생길 나의 상처를 굳은살로 만들 수 있는 힘을 키워야 할 때.

무조건적인 노력은 노력이 아닌 미련이다. 노력도 노력으로 인정받을 수 있어야 노력인 거지. 노력으로 인정받지 못할 노력은 노력이 아닌 노동일 뿐이기에.

나는 이겨 내기 위한 노력을 하는 사람이지, 이겨 내기 위한 노동만 하는 사람이기는 간절히 바라지 않는다.

힘들다고 말하는 사람에게
줄 수 있는 진정한 조언

"～때문에 너무 힘들어."

"나 이런 일이 있었는데, 정말 힘들다."

세상 속에서 관계를 이어나가다 보면, 나에게 힘들다는 말을 꺼내는 주변인을 흔히 볼 수 있다. 특히 나에게 소중하고, 또 나를 소중히 생각하는 사이의 대화에선 이런 고민이 자주 오간다. 연인 간의, 단짝 친구 간의, 가족 간의. 어쩌면 애초에 대화 주제가 '힘들다'에 초점이 맞춰진 경우도 있다. "나 힘든데, 오늘 만날까?", "나 요즘 힘들어. 보고 싶다." 정도의 상황을 먼저 이야기하고, 약속을 잡는 것이다.

그럴 때 사람들은 대부분 그 이야기를 들어보고 싶어 하고, 그 상황에 대해 이해를 하려고 한다. 그리곤 답답하게 느껴지거나, 나라면 이렇게 했겠단 생각이 드는 부분에서 섣부른 조언을 꺼내기도 한다.

"이렇게 해보는 건 어때?"

"나였으면 이렇게 했겠다."

나아가 심하게 꾸짖기도 한다.

"너는 답답하게 왜 당하고 있냐."

"야 그냥 밀어붙여, 얘가 왜 이렇게 소심해가지고."

하지만 그런 조언이나 권유는 상대에게 중요한 일이 아니다. 해결법이 아니다. 사실 가장 옳은 답은 힘들다고 말한 본인이 가장 잘 알고 있을 것이다. 일이 생기기 전에 깔린 배경, 힘듦이 일어난 상황, 상황 속의 분위기, 소속된 집단 그리고 상대의 고유 성격 등은 당사자가 가장 잘 알고 있기 때문이다. 또 그것에 대해 잘 알지 못하더라도, 가장 많은 고민을 한 사람은 당사자일 것이다. 가장 많이 해법을 헤아려보고, 상황을 타파해보려고 노력했을 것이다.

그럼 왜 굳이, 나에게 힘들다고 말했을까? 어떤 이유로 얼굴 좀 보자고 했을까?

투정을 들어줄 사람이 필요한 건 아니었을까? 나 힘든데 이야기 좀 들어달라는 투정. 같이 욕 좀 하자는 투정. 내 말이 맞다고 해달라는 투정. 응원해달라는 투정. 상대가 그런 투정을 하는 이유는 하나다. 당신에게밖에 이야기할 수 없기에. 그만큼 소중하고 서로가 잘 아는 사람이기에.

그러기에 나의 소중한 사람이 힘들다면, 가장 위로가 되고 도움이 되는 조언은 따로 있다.

"그동안 힘들었구나. 내가 몰라줘서 미안해."

"힘들었지? 나 같으면 화병 걸렸을 것 같아. 어떻게 참고 있었어."

몰라줘서 미안해. 너는 나에게 이렇게 기대고 있었는데, 그걸 나만 몰라줘서 미안해. 너는 나에게 이렇게 알아달라고 하는데, 내가 지금껏 몰라줘서 미안해.

중간에 말을 끊고 섣부른 조언을 하는 것이 아닌, 진심 어린 위로가 해법일 것이다. 그런 위로는 힘든 상대에게 "나는 네 편이야.", "누가 뭐라 해도 네 편이야." 이렇게 말해주는 것 같은 안정감을 준다.

우리가 사는 세상에서 관계나 상황에 대해 무조건 옳은 방향은 있을 수 없다. 당연히 당신의 현실적인 조언도 정답이 될 수 없다. 그러니 섣불러선 안 된다. 그런 조언은 상대의 말을 다 듣고, 상대가 정말 원할 때 해주자. 중간에 말을 끊지 말자. 섣부른 조언은 숨기고, 네 편임을 표현해주자. 공감해주자. 먼저 따뜻한 위로를 건네주자. 선택은 스스로 내리도록 깊은 간섭 말고, 응원해주자. 소중한 사람이 힘들어한다면, 그것이 가장 도움 되는 조언일 것이다.

그렇게 해준다면, 상대도 틀림없이 당신에게 조언을 구하게 되지 않을까.

"나 진짜 바보 같지? 어떻게 하는 게 현명할까?"

"너라면 어떻게 했을 것 같아?"

잘 나아가고 있더라도
잘 살고 있진 않은 것 같을 때

1. SNS에는 모두 행복한 것만 보여주고 싶어 한다는 걸 알
   아도, 괜히 질투가 난다. 쟤는 정말 저렇게 잘 살고 행복하
   게 지내기만 하는 걸까? 나는 사실 행복하질 못해서 올릴
   게시물이 없는 거 같은데.
2. 술 말고 진정한 친구가 있을까 싶다. 뒤통수도 세게 맞아
   봤고. 건강에 좋지 않다는 것들만 내 진짜 친구가 되어 있
   다. 이게 맞는 건지.
3. 다들 명품 사 입고 있는 와중에 나는 '내가 명품이면 되는
   거지!' 생각하며 잘 살고 있다. 근데, 내가 명품인 것과는
   별개로 값비싼 명품쯤은 하나 있어야 하는 거 아닌가? 자
   기합리화는 아닐까. 가끔씩 너무 맘 편한 쪽으로만 생각하
   는 건 아닌지 싶다.
4. 아픈 기억이 하나둘 나이와 함께 늘어간다. 시간이 지날수

록 행복한 기억은 추억으로만 자리 잡고 아픈 기억만 증식한다. 이러다 나이 좀 더 먹으면 아픈 기억도 추억이라고 되새길까 그게 그렇게 두렵다.

5. 다들 결혼한다더라. 몇 년을 연애하고 결혼까지 골인한 친구들 보면, 나만 지금까지 똥차 만나 왔나 싶더라. 가면 갈수록 기준만 높아지고. 내가 뭐라도 된 것마냥.

6. '그래도'보다 '어쩌면'이 많아진다. 예전에는 '그래도 뭐 어떻게든 되겠지.', '아 몰라.' 잘했었는데. 요즘은 아주 작은 일에도 '어쩌면….' 하며 겁이 먼저 든다. 돌다리도 두들겨 보고 건너라지만, 세상에 호되게 당해서인지 겁만 많아진다.

7. 내가 아프다면 죽 하나 보내 줄 사람이 없다. 사실 아파도 아프다고 이야기할 사람이 많이 없다. 내 삶은 지구 밖으로 쏘아져 우주에 맴도는 느낌이랄까. 허공에 대고 허우적거리면서 잡아 줄 사람은 하나 없는 공허한 느낌.

좋았지만 돌아가긴 싫은
사람이 있습니다

그땐 참 좋았지 생각이 드는 때가 있습니다. 참 비참하게 사랑했던 그 애와의 만남 같은. 완벽한 갑과 을의 사랑이었습니다. 아, 물론 내가 을이었지만 말입니다. 사랑할 때에도, 이별 후에도 정말 미워했던 사람입니다. 미친 사람처럼 애증했습니다. 하루하루가 우울과 눈물로 가득했습니다. 그랬기에 먼 시간이 지난 지금에서야 그땐 참 좋았지 하고 말할 수 있나 봅니다.

내가 또 언제 그만큼 누군갈 사랑할 수 있을까 생각이 듭니다. 내가 또 언제 당하면서도 헤벌레 하고 좋아해 줄 수 있을까 합니다. 그렇게 사랑에 미칠 수 있었던 시절이 그립습니다. 그렇지만 돌아가긴 싫습니다. 선뜻 다시 돌아갈 용기가 서질 않습니다. 단지, 생애 이만큼이나 누군갈 사랑하긴 힘들겠구나 하고 되돌아봅니다.

누구에게나 그런 의미로의 좋았던 때가 있습니다. 그땐 참 좋았지 하면서도, 돌아가긴 싫은 시간이 있습니다. 아니, 그런 사람이 있습니다. 정말 사랑했고 미워했던 사람이기에, 참 좋았지만 결코 돌아가긴 싫은 시절일 것입니다.

조금 더 무거운 기준으로
상처를 허락하는 삶

당신에게 들려오는 미움과 험담에 무너질 이유 하나 없다.

당신을 미워하고, 험담하는 사람이 당신을 소중하게 생각할 것인가 따져보자. 말해 뭐하겠나. 소중히 여기지 않기에, 나에게 못된 짓을 하는 것이다.

이제 그런 사람이 당신에게 소중한 사람인가 따져보면 된다. 이도 그렇다. 당신에게 돌을 던지는 그런 사람을 소중히 생각할 일은 없을 것이다.

그럼 당신이 지금껏 살아온, 그리고 살아갈 이유에 대해 생각해보는 것이다. 당신이 살아가는 이유는 무엇인가. 소중한 것을 지키고 싶기에 살아가고 있는 것이다. 소중한 나의 무엇을 지키기 위해, 소중한 마음을 받기 위해 살아가는 것이다.

또 당신의 삶을 지탱하고 있는 것은 무엇인가. 그것은 틀림없이 내가 소중하게 생각하는 것들과 나 자신. 이 둘일 것이다.

그러니 당신을 소중히 대하지 않는 것들로부터, 당신이 소중히 여기지 않는 것들로부터 무너질 이유가 하나 없다. 그들의 미움과 험담은 쓰레기만도 못한 가치일 뿐이다. 무너지고 또 무너져도 나 자신에 의해 무너져야 마땅하다. 소중하게 여기는 것들로부터 무너져야 마땅하다. 당신의 삶이 지탱하고 있는 것들로부터 상처받아야 마땅하다. 당신의 삶을 지탱해주는 것들로부터 상처받아야 마땅한 일이다.

별 가치 없는 것들로부터 크게 상심하고, 무너지는 일은 없길 바란다. 그것들로부터 나온 태도와 언행 때문에 무너질 이유가 하나 없지 않은가. 당신, 그런 것들은 흘려보내도 괜찮다. 꿋꿋이 스스로의 소중함을 지키고, 소중함을 지탱하기만 하면 된다. 소중함으로부터 힘을 얻고 힘을 건네주며 살아가면 된다. 그러다 그들에게 무슨 일이 생기거나, 그들이 등을 돌리기라도 한다면 그때. 비로소 그때서야 무너질 가치가 있는 일이 생기는 것이다.

내가 지닌 소중함을 믿고, 별 볼 일 없는 미움과 험담에 쉽게 흔들리지 말 것. 또 무너지지 말 것. 무너질 것이라면 그만한 가치가 있는 것에 철저히 무너질 것.

당신의 삶이 조금 더 소중한 것들과 스스로에게 맞춰 상처를 허락하는 삶이 되었으면 좋겠다.

내가 지닌 소중함을 믿고,
별 볼일 없는 마음과 험담에
쉽게 흔들리지 말 것.
또 무너지지 말 것. 무너질 것이라면
그만큼 가치가 있는 것에 휩쓸려 무너릴 것

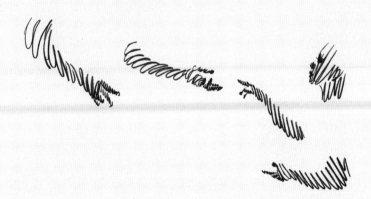

:

머무는 사랑에 대하여 무겁게 생각하고, 떠
나갈 인연에 대하여 조금 더 가볍게 대처하
는 마음을 품은 사람이 되고 싶습니다.

——— Chapter 2 ———
애정에서의 연습

사랑은
막을 수 없는 감정이었다

언제는 사랑을 찾아 깜깜한 밤길을 헤맨 적이 있다. 긴 새벽이면, 외로움을 못 이겨 방안 가득 불빛을 켜놓은 적도 있었다.

하지만 어느샌가 자연스럽게 아침은 왔고, 나의 방 안은 언제 그랬냐는 듯 볕으로 가득 차 있었다. 눈이 부실까 촘촘하게 걸어두었던 커튼도 햇빛 앞에선 소용없는 일이었다. 천막 사이로 빛은 새어 들어왔고, 뒤척이며 바람을 일으킬 때면 새어 나오는 빛은 요란하게 출렁이며 나를 깨웠다.

그것은 그토록 원하던 사랑이었다. 그것을 찾기 위해 노력했고, 또 그것이 그리워 긴 새벽 외로움에 떨곤 했다. 하지만 진정한 사랑은 때가 되면 알아서 오는 것이었다. 밤이 지나고 새벽을 넘어 아침이 도래하듯. 자연스럽게 나에게도 오는 것이었다. 또 그것은 막을 수 없는 감정이었다. 나를 어쩔 수 없이 일으켜 세우는 것이었다. 나는, 나를 향해 비추는 사랑을 피할 수 없었다.

부스스한 몸을 일으켜 세워 나를 깨운 그 빛을 바라본다. 눈이 부셔 찡그려보기도 한다. 그러곤 손으로 빛나는 것을 가려본다. 어쩐지 나의 작은 손으로 가리는 것은 도저히 불가했다.

안달한다고 해서 오지 않는 것. 하지만 자연스럽게 나에게도 오게 되는 것. 찾을 수 없는 것. 대신할 수 없는 것. 내가 조정할 수 없는 것. 또 나를 깨우는 것. 나를 일으키는 것. 가릴 수 없는 것. 막으려 안간힘을 써 봐도 자꾸 새어 나오는 것.

나에게도 사랑이 온다. 나는 너무 밝은 그것이 불편해 손으로 가려본다. 손 틈새로 흘러들어 오는 너는 막을 수 없는 감정이었다.

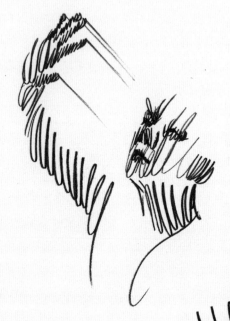

안된다고 해서 외 없는 것,
하지만 자연스럽게 생기게도 오게 되는 것,
찾을 수 없는 것, 대신할 수 없는 것,
내가 조절할 수 없는 것,
또 나를 깨우는 것, 나를 일깨우는 것,
가질 수 없는 것,
억겹 인간힘을 써봐도 자꾸 새어 나오는 것.

누군가에게 다시
사랑받을 수 있을까 두려워한다면

　단순한 다툼 때문이 아니라, 자존심 때문이 아니라 힘들어서, 혼자가 되는 기분에 지쳐서 그래서 그만두고 싶은 연애에 놓인 사람에게 말해주고 싶다. 이젠 정말 지쳐서, 사랑을 하는 내내 외로워서 마음 아파서 그래서 이러지도 저러지도 못하고 있는 사람에게 말해주고 싶다.

　당신이 헤어짐을 고민하고 망설이는 이유는 '그 사람'에게 있는 것이 아니라 당신에게 있다. 그 사람을 못 잊을 것 같아서, 다시 예전처럼 돌아와 줄까 봐, 정이 들어서. 이런 이유는 이미 물 건너갔다. 당신은 이미 그런 고민을 수도 없이 했고, 해결할 수 없는 문제임을 알고 있기 때문이다.

　그럼에도 당신이 헤어짐을 망설이는 이유는 단 하나이다. '내가 누군가에게 다시 사랑받을 수 있을까?' 이런 생각. 그 사람이 아니면 이젠 사랑받지 못할 것 같다는 근거 없는 두려움.

두려워할 필요 없다. 당신은 어딜 가든 사랑받을 수 있다. 그 누굴 만나 그 누구보다 사랑받을 자격이 있다. 세상에 좋은 사람은 참 많고, 당신을 사랑해줄 용기가 있는 사람도 여기, 참 많이 있다. 그렇게 아픈 마음을 안고, 나쁜 사랑을 이어온 것만으로도 당신은 충분히 다 했다.

당신이 아직도 상대를 믿고 싶다면 믿어라. 하지만 그 믿음은 깨진 지 오래이고, 다시 사랑받을 수 있을까라는 두려움 때문에 사랑을 연명해가고 있다면 미련한 짓 그만두자. 놓아주자. 당신은 언제 어디서든 사랑받을 수 있고, 그만큼의 가치를 지닌 사람이다.

사랑받기 충분한 사람아. 두려움은 당신이 만든 허상일 뿐이다. 이제 아픈 사랑은 하지 않았으면 좋겠다.

사랑은 없는 여유와 시간을
만들어 내는 것이다

　사랑은 여유가 없다는 이유로 내팽개치는 것이 아니다. 없는 여유라도 내어주면서 맨 앞에 두는 것이다. 할 거 다 하고 뒤늦게 맘 쓰는 것이 아니다. 할 것들을 제쳐두고도 가장 먼저 마음 쓰는 것이다.

　그것이 억지로 여유와 마음을 낸다는 뜻은 아니다. 여유가 없는 상황이라도 바쁜 하루일지라도, 생각이 나서 달려가게 되는 것. 잠깐만이라도 얼굴을 보고 싶어하는 것. 전화해서 목소리를 확인하고 싶은 것. 밥 먹을 시간인 걸 알지만, 밥은 먹었는지 궁금해하고 내가 먹은 것을 말해주고 싶은 것. 예쁜 하늘을 보았을 때 찍어두었다 너에게도 보여주고 싶은 것. 또 여유가 없기에, 마음이 힘들기에 더 보고 싶고, 기대고 싶어지는 것.

　사랑 앞에서는 그 어느 핑계도 통하지 않는다. 덜 사랑했는가, 더 사랑했는가 그 차이로 여유와 시간이 줄어들기도 늘어나기도 한다. 그 차이로 마음의 여유를 더 내거나 덜 내거나 할 뿐이다.

사랑은 다 쓰고 남는 여유와 시간을 할애하는 것이 아니다. 사랑하기 때문에, 사랑이기 때문에 여유와 시간을 만들어낼 수 있는 마법이 일어나는 것이다.

내가 네 인생의
퍼즐 조각이기를 바란다

　미안한 말이지만, 너의 삶이 평생을 살아도 완성할 수 없는 퍼즐이기를 바란다. 그리고 비어 버린 곳들은 전부 나이기를 바란다. 네가 이때쯤 완성되겠지 싶을 때 내가 없어서 땅을 치며 후회하길 바란다. 그때서야 내가 필요해져서 나에게 매달리기를 바란다.

　당신이 나의 인생에 꼭 필요한 조각이었듯, 당신에게도 내가 꼭 필요한 조각이기를 바란다. 그동안 작게 생각했던 나의 존재가 너무 큰 빈자리이기를 바란다. 그래서 언젠가 꼭 나에게 속죄하고 그간의 무관심을 후회하길 바란다.

　꼭 그렇게 되기를 바란다. 구차한 나의 마지막 바램이다.

놓치면 두고두고
후회할 사람

1. 별것 아니라도, 내가 말했던 사소한 것을 기억해 두었다가 나에게 선물하려는 마음을 가진 사람.

2. 나의 괜찮은 모습이 아닌, 망가진 모습을 보고도 곁에 있으려고 하는 사람.

3. 내가 미워서 욕을 하다가도 그것으로 인해 남이 내 욕을 하면 화를 내는 이상한 사람.

4. 둘 사이의 교집합 이외의 부분 또한 충분히 사랑해주고 존중해 주는 사람.

5. 내가 마음에 들어 하지 않던, 나의 어떤 구석이라도, 좋아하게 만들어 주는 사람.

6. 나의 주변인을 존중해 주는 사람. 나아가서 잘 보이려고 노력해주는 사람.

7. 어떤 화가 나 있더라도 내가 아프면 울면서 나보다 더 아파해주는 그런 사람.

사랑하는 사람이
여행을 떠나자고 말할 때

자주 여행을 떠나자고 말하는 연인이 있습니다. 어찌 되었건 지금 여기가 아닌, 어디론가 멀리 말이죠. 그럴 때마다 여유가 없다는 핑계로, 바쁘다는 말로 상대를 회유시키며 미루곤 합니다. 그냥 한 말이겠지 하고 일단 알겠다 말하며, 다가와선 다음을 기약하기도 합니다. 기념일이 아닌 이상 서로가 미루고 미루다, 끝내 떠나지 못하는 경우가 많습니다.

여행은 낭만을 뜻하기도 합니다. 혼자만의 사색을 즐기는 것이며, 더 넓은 세상을 구경하러 떠나는 것입니다. 온전히 나에게 집중하며, 내면을 들여다보는 시간이 되기도 합니다.

나와의 여행을 자주 꿈꾸는 사람.

진정한 사랑일 것입니다.

혼자만의 사색이 아닌, 둘만의 사색을 원하는 사람이기 때문입니다. 더 넓은 세상을 함께 보고 싶어 하기 때문입니다. 세상에 치여 사는 서로에게, 온전한 둘만의 시간을 선물해주고 싶어 하기 때문입니다.

"여행 가자." 이 말은 "우리 단둘이서 멀리 떠나자." 이 말과 같습니다. 낭만적인 사랑을 뜻하며, 순수하고 깊은 사랑을 나타냅니다.

사랑하는 사람과의 여행을 자주 꿈꾸세요. 흔쾌히 약속하세요. 그리고 지켜주세요. 둘만의 장소로 떠나세요. 둘만의 시간을 소유하세요. 사랑하는 상대는 해외여행을 원하는 것이 아닙니다. 오성급 호텔을 원하는 것이 아닙니다. 럭셔리한 패키지를 원하는 것이 아닙니다. 둘만의 시간 그리고 사색, 추억, 장소, 경험을 원하고 있는 것입니다. 우리 다음에 또 오자는 약속을 원하고 있는 것입니다.

"그래, 우리 단둘이서 멀리 떠나자. 이 세상에 방해받지 않을 수 있는 곳에 가서 오직 둘만 생각하기로 하자."

사랑하는 사람과의
여행은 지금 꿈꾸세요.

흔쾌히 약속하세요.
그리고 지켜주세요.
둘만의 길로로 떠나세요.
둘만의 사랑을 소유하세요

나의 진심이 통하려면
상대의 마음도 진심이어야 한다

연인 관계에서 유독 자주, 나의 진심이 엇나가는 사람이 있다. 나의 선의는 귀찮은 것이 되어 버리고, 나의 서운함은 별거 아닌 일로 생겨난 감정이 되어 버리기도 한다. 나의 걱정이 곧 잔소리가 되어 가기도 하며, 나와의 약속은 값어치 없는 것이 되어 버리기도 한다. 그러면서 생각한다. 나는 진심인데, 걔가 뭐길래 나의 진심을 별 볼 일 없는 취급하는 걸까. 진심의 선의가, 진심의 서운함이, 진심의 걱정이 전부 귀찮은 것으로 치부되는 걸까. 도대체 걔가 뭐길래.

하지만 사실, 걔가 뭔지는 그렇게 중요하지 않다. 걔한테 내가 뭔지가 정말 중요한 일이다.

물론, 쉽게 단정 지으라고 하진 않겠다. 사람의 성향마다 받아들이는 것은 어느 정도 차이가 있기 때문이다. 하지만 나의 진심도 상대가 진심일 때 비로소 진심이 된다는 사실은 변하지 않는다.

나만 진심이라는 생각이 자주 든다면 상대라는 사람 자체보다, 상대에게 내가 무엇인지 생각해보자. 그 사람한테 당신은 이미 진심이 아닌 사람일 수도 있다. 언젠간 진심이었던 사람이고, 착한 사람이며 사랑스러운 사람이었겠지만, 어느 순간 그 사람한테만 나는 진심의 대상이 아닐 수 있다는 것이다.

상대가 어떤 사람인지는 중요하지 않다. 상대에게 내가 무엇인지가 중요하다는 것. 사람을 온전히 믿기보단, 그 사람이 나를 대하는 태도를 믿을 것. 진심인 사람에게만 나의 진심이 통한다는 사실. 서로가 진심이어야 진심을 알아줄 수 있다는 사실. 그것을 기억하고 사랑할 것.

당신이 진심을 주면, 그 진심을 선물함에 넣고 소중히 간직하는 사랑을 하길 바란다. 진심을 주어도, 그 진심이 쓰레기통으로 들어가는 사랑을 이어가지 않길 바란다.

나의 선의가
대중화되지 않았으면 좋겠습니다

옛날에는 선이 없는 이어폰 같은 걸 귀에 꽂고 다니는 사람이 보이면 저게 뭐지 싶어 신기하게 생각하다가 아, 귀가 잘 안 들리는구나 하면서 궁금한 마음에 힐끔힐끔 쳐다보곤 했습니다. 하지만 근래에는 무선 이어폰이 대중화되면서 이제 선이 없는 이어폰 같은 걸 귀에 꽂은 사람을 보면 당연히 이어폰이겠지 싶고, 자연스럽게 눈에도 들어오지 않습니다.

대중화라는 것이 이렇게 무섭습니다. 당연해지고, 평범해집니다. 어느덧 신기한 감정은 없어지고, 눈에 잘 보이지 않습니다. 익숙해집니다. 궁금하지 않고, 그래서 티가 나지 않으며 별 감흥이 없어집니다.

당신에겐 나의 선의가 대중화되지 않았으면 좋겠습니다. 나의 관심이 대중화되지 않았으면 좋겠습니다. 늘 신기하고 새롭게 느껴지며 주의 깊게 보고 싶은 생각이 들었으면 좋겠습니다. 나는 당신의 주위에 늘 있고 싶지만, 한편으론 보편적인 사람이 되는 것은 싫은 마음입니다. 당신에게 늘 있어주는 사람이 되고 싶지만, 그렇다고 평범한 사람이고 싶진 않습니다. 언제가 되어도 특별하고, 소중한 그런 사람이었으면 좋겠습니다.

부모님이
이해가 가지 않을 때

예전에는 부모님 말이 다 옳은 줄 알고, 법인 줄 알았지만, 슬슬 머리가 커지면서 부모님에게 자신을 내세우게 됩니다. 너무나도 당연한 흐름일 것입니다.

스무 살이면 법적으로 성인이 되고, 책임은 보호자가 아닌 스스로에게 있으며, 판단은 내 지식으로부터 나오게 되겠죠. 그러면서 때론 부모님을 이해할 수 없게 됩니다. 예전에야 그런가 보다… 하고 수긍할 일도, 나의 생각과 맞지 않으면 큰 소리를 내게 됩니다. 의견 다툼은 내 머리가 커질수록 자주 일어납니다. 어떨 때에는 무시하기도 합니다. 심한 때에는 그런 부모님과의 단절을 생각해보기도 하죠.

하지만 우리는 그들을 더 이해하고 존중해야 합니다. 당신의 생각이 옳든 부모님의 생각이 옳든, 사실 부모와 자식 사이에서 어떤 것의 진위나 논리는 그다지 쓸모없는 것 아닐까 합니다.

다만 이제 좀 컸으니까, 혹은 그동안 참고 살았다는 생각에 부모의 의견에 크게 반대하고, 나아가 홀대하는 것은 옳지 못한 행동일 것입니다. 의견이 다를 때에는 그냥 그런가 보다 하고 고개 숙여주는 것이 도덕적으로 옳은 일 아닐까 합니다.

지금 우리 세대의 모든 부모님들은, 너무 큰 온도 차의 시대를 겪어왔고, 겪어가는 사람들입니다. 그런 그들이기에 지금 이 시대가 혼란스러울 겁니다.

그들은 손톱에 봉숭아물을 들였던 시대에 살았었고, 지금은 네일 샵을 다니는 시대에 살고 있습니다. 그들은 바나나가 없어서 못 먹던 시대에 살았고, 지금은 초등학생 용돈으로도 사 먹을 수 있는 시대에 살고 있습니다. 그들은 형제가 많고 또 쉽게 잃어버리는 시대에 살았으며, 지금은 소수의 가족과 누구 하나 탈 없이 살아남는 시대에 살고 있습니다.

너무 빠른 변화가 그들에게 주어졌고, 그 변화에 그들은 도저히 따라올 수 없었을 것입니다. 시대는 너무 급성장해버렸고, 그들은 그 변화에 대해 적응 못 하는 것이 오히려 당연한 이치일 수도 있습니다. 그러니 젊은 우리의 생각에는 꼰대라는 생각이 들 만도 합니다. 낡은 생각이라 여겨지는 것이 당연하지 않을까 합니다.

그런 그들의 낡음을 존중해 주세요. 그들이 미처 따라오지 못한 사고를 이해해 주세요. 나를 키워준 그들에 대한 최소의 예의를 갖춰 주세요. 내가 어렸을 적에 저지른 철없는 행동과 이해 못할 행동들을 사랑이란 이름으로 눈감아 준 분들입니다. 자신보다 나를 더 사랑해 준 사람들입니다. 나를 사랑하느라 어쩔 수 없이 시대에 뒤떨어진 사람들입니다.

부모와 자식 간에, 지식이 아닌 진심이 오갔으면 합니다. 오해가 아닌 이해가 오갔으면 합니다. 무시가 아닌 존중이 오갔으면 합니다.

그들의 낡음을 존중해주세요.
그들이 이런 따라오의 묻는 사고를 이해해 주세요

나를 키워준 그들에 대한
최소의 예의를 갖춰주세요.
지신보다 나를 더 사랑했던 사람들입니다
나를 사랑하느라 어쩔 수 없이
시대에 뒤떨어진 사람들입니다

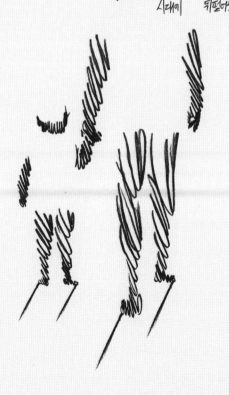

나쁜 사람을 사랑했다면

    슬픈 일이지만, 사랑을 하다 보면 당연히 이별 또한 겪게 됩니다. 그리고 그 헤어짐의 끝엔 서로를 미워하는 경우가 많죠. 우리가 생각하는 아름다운 이별은 사실상 영화나 드라마에서나 나올 법한 판타지적인 일입니다. 대부분이 헤어지게 될 때엔 좋지 않은 이유가 생겨 서로를 미워하며 돌아서게 되겠죠. 누가 더 잘못했냐느니, 너는 어떻게 그러냐느니, 나를 사랑하긴 했냐느니. 그렇게 상처가 될 말들을 쏟아냅니다. 가해자고 피해자고 따로 없습니다. 이별 앞에선 전부 피해자인 척하며 상대를 나쁜 사람으로 몰아가곤 합니다.

    그러다 시간이 지나면 "저런 쓰레기를 왜 좋아했지?"라는 생각을 하게 될 수도 있습니다. 상대의 본성이 나쁜 사람이었어도, 당신이 사랑을 해주었던 이유는 이해가 갑니다.

그런 사람은 원래 어느 정도 알고 지내면 냄새가 납니다. 배신을 하고 신뢰를 깨고 남에게 상처를 주는 그런 부류의 부정적인 냄새가 나게 되어 있죠. 다만 사랑은 모든 감각을 무뎌지게 만듭니다. 그래서 연애를 할 땐 상대의 잘못이나 인성적인 문제 같은 걸 보지 못하게 됩니다. 당신이 사랑이란 마법에서 깨어났을 때 모든 것이 허무하고 후회스러운 이유일 것입니다. 상대가 저질렀던 나쁜 짓이 뒤늦게 생각날 수밖에 없는 것이지요.

어쩌면 다행입니다. 당신이 나쁜 사람을 사랑했건, 좋지 않은 이별을 했건 그로 인하여 나중에 있을 사랑에 대해 안목이 생길 것입니다. 그 아픈 과정 모두, 쓰레기와는 거리가 먼 향기로운 사람을 알아보기 위한 과정일 뿐입니다. 당신이 겪은 아픔은, 모든 감각을 무디게 만드는 사랑 앞에서도 좋은 사람을 골라낼 수 있는 예민함을 지니게 할 것입니다.

이제 그런 사람과의 이별로 인해, 자신이 버려졌다는 생각하지 마세요. 미리 경험했다고 생각하세요. 버린 것은 당신이며, 앞으로는 부정적인 냄새가 폴폴 풍기는 사람을 잡지마세요. 아픈 이별을 안겨줄 사람을 만나지 말고, 또 배신당하지도 말고 살아가세요. 그것이 그 사람에 대한 복수이며, 이번 아픔을 통해 당신이 얻어갈 것이 되어야 합니다.

좋은 사람인 당신에게 버려진 건 오히려 나쁜 상대이고,

불쌍한 것도 그 사람입니다. 이제 앞으로는 그런 사람을 만나지 않으면 되는 것입니다.

아픈 사랑에 지지 않는 당신이 되기를. 아픔에 무너지지 않는 당신이 되기를. 그것으로부터 배워갈 수 있는 넓은 사람이 되기를. 나쁜 사람으로 인해 더이상 상처받는 사람이 되지 않기를.

아픈 사랑에 지지 않는
당신이 되기를.
아픔에 무너지지 않는
당신이 되기를.
그것으로부터 배워갈 수 있는 넓은 사랑이 되기를.
나쁜 사랑으로 인해 더 이상 상처받는 사람이 되지 않기를.

사랑하는 사람과의 관계에서
아니다 싶을 때

1. 집착으로 번질까 최소한의 기대를 해도 실망으로만 돌아
   올 때. 그러다 그 애의 작은 친절 하나에도 그동안의 실망
   이 전부 회복되는 나를 보고 있을 때에. 지금 내가 뭐 하고
   있는 건가 싶더라.

2. 그 사람이 어디서 뭘 하는지 점점 모르고 살 때. 분명 연
   애는 하고 있는데, 많이 외로울 때. 사랑할수록 닮으며 오
   래 갈수록 가까워져야 하는데 어떤 사람은 되레 외로움과
   궁금증만 늘어가더라.

3. 미안하다는 말을 많이 들을 때. 미안하다고 사과를 하니
   나도 아무렇지 않은 척 받아주지만 결국 내가 뒷전이라는
   것이 마음으로부터 느껴질 때에. 이해는 되더라도 속상한
   건 어쩔 수 없더라.

4. 내가 예상했던 좋지 않은 관계로 흘러감을 직감할 때. 아

니라고 혼자 생각하며 합리화하다 답답한 마음에 친구에
게도 털어놓지만, 결국 답은 정해져 있음을 마음으로 받아
들이지 못할 때.

5. 다툼의 화근이 '나의 서운함'인 것이 익숙해질 때. 나만
   서운해하지 않으면 싸울 일 없이 잘 지내긴 하지만, 이게
   서로 잘 지내는 건가 싶더라.

6. 보이지 않는 선이 느껴질 때. 함께 한 시간이 얼마고, 못
   볼 꼴 서로 다 보여줬는데… 이제가 돼서야 상대와의 선이
   느껴진다. 정말 미친 듯이 서운하고 그만두고 싶다. 받은
   선물을 다시 빼앗긴 기분.

7. 내가 그만두면 관계가 영영 끝임을 예상하게 되었을 때.

바보 같은 사람

"참, 오늘 너 약속 있다며. 언제 헤어지기로 했어?"

"너도 참. 헤어질 시간을 정하고 만나는 사람이 어딨어."

"그런가?"

"보통 만나는 시간을 약속하지. 바보 같긴."

나와 친구와의 가벼운 약속에, 너는 참 바보 같은 물음을 던졌다. 언제 헤어질 것 같냐는 너의 말. 나는 답했다. 언제 헤어질지 정하고 만나는 사람이 어디 있냐고. 보통 만나는 시간을 정하고 만나는 거라고. 근데 생각해보면 바보 같은 건 네가 아니라 나였다. 나는 어느 순간부터 우리의 헤어짐을 예상하며 널 만나고 있었으니까. 곧 떠나갈 사람이라는 걸 알면서도 마음을 다해 만나고 있었으니까.

어쩌면 넌 그런 사람이었다. 아니, 너에게 난 그런 사람이 되어 있었다. 가벼운 약속 같은 사람. 언젠간 떠날 것이라는 다짐을 할 수 있는 사람. 그런 정도의 소중하지 않은 사람. 언제 헤어져도 그것으로 상처받지 않을 수 있는 사람.

　나를 만나며 헤어짐을 정해놓았던 너를 모르지 않았지만, 겉으로는 모른 척했다. 해야만 했다. 하지만 다 알고 있었다. 그것이야말로 바보 같은 사람이었다. 내가 먼저 그만하자 말할 수 없었으니까. 스스로 바보가 되었다. 아마도 언제부턴가 바보 같은 사람은 내가 되어 있었다. 아니, 너에게만 나였다. 너에게만 내가 바보였다.

사랑은 주는 것보다
받는 연습이 필요한 것

편지를 써주지 않는 것보다, 내가 쓴 편지에 상대가 감동해주지 않으면 그게 더 서운한 일이다. 나의 기분을 풀어주지 않는 것보다, 내가 풀어주려고 노력해도 풀 죽어있는 상대의 모습에 감정이 상하기도 한다. 사랑한다는 말을 자주 해주지 않는 것보다, 나의 사랑한다는 표현에 익숙해진 듯한 반응이 더 마음 아프다. 먼저 데이트하자 말을 꺼내지 않는 것보다, 내가 데이트하자고 했을 때에 귀찮은 듯한 반응이 더 밉다.

대부분, 사랑하는 상대를 행복하게 해주기 위해서 주는 것에 초점을 맞추지만 사실 주는 행위보다 받아주는 태도가 더 중요하다. 사랑하는 사람은 어떤 마음을 건네주었을 때, 또 그것을 상대가 알아주었을 때 그때 행복을 얻는다.

신경 써주면, 고맙다 생각하며 진심으로 좋아해 주는 사람과의 사랑이 꽉 찬 느낌을 준다. 내 마음을 한 뭉텅이 떼어내 주었을 때 그것을 당연하게 여기는 것이 아닌, 특별하게 여기고 행복한 얼굴을 하는 상대에게서 주는 사랑의 풍만함을 누린다. 서로가 소중함의 가치를 확인한다.

그래서, 사랑은 받는 연습이 필요한 것이다. 상대가 준 마음에 대해서 당연히 여기지 않고, 익숙해 하지 않는 마음. 사소한 것이라도 그것을 챙겨준 상대의 사소함을 알아주는 마음. 마음을 건네준 상대의 기대만큼이나 행복해할 수 있는 마음.

어쩌면 사랑을 시작할 때 잊게 되는 것. 사랑을 지속하며 잊어버리는 것. 마음을 떼어주는 것보다도, 상대의 마음을 고맙게 받아들일 연습이 필요하다는 것이다.

사랑은 받는 연습이 필요한 것이다.
상대가 준 마음에 대해서 당연해 하지 않고,
익숙해 하지 않는 마음.
사소한 것이라도 그것을 챙겨준 상대의 사소함을 알아주는 마음.
마음을 건네는 상대의 기대만큼이나 행복해할 수 있는 마음.

부모도 사람이다

어릴 적에는 아빠가 슈퍼맨인 줄 알았고, 엄마가 원더우먼인 줄 알았다. 아빠는 모든 걸 해결할 수 있을 줄 알았고, 엄마는 언제까지 내 곁에서 조언해줄 수 있는 줄 알았다. 또 할머니 할아버지처럼 늙지 않을 거란 생각을 미련하게 가지고 살았다. 아빠는 늘 나를 먹여 살리는 사람인 줄 알았고, 엄마는 늘 나를 보살펴주는 사람인 줄로 알았다. 이런 미련한 생각은 성인이 되어서도 머릿속에 박혀있었다. 늘 그렇게 살아왔기 때문에. 늘 그래왔기 때문에.

하지만 부모도 나와 같은 사람일 뿐이었다. 결국, 해결하지 못하는 일이 있고, 삶의 정답을 완벽히 알지도 못한다. 사람이기에 늙고, 지금도 시간은 가고 있다. 사람이기에 시기도 있고, 미움을 가지고 산다. 보상 심리도 있을 것이며, 기대라는 것도 가지고 있을 것이다. 그러니 겉으론 바라진 않았다고 하더라도 희생에 대한 보답을 받고 싶을 것이며, 동시에 서운함도 가지고 있을 것이다.

우리가 그에 대해 보답할 능력이 되는데도, 자신의 삶에만 빠져 살며 그들의 희생을 잊어버리면 안 된다. 그들도 앞으로의 노후가 두려울 것이며, 시간이 가며 힘이 약해지고 있음을 가장 잘 알고 있을 것이다. 당신이 강해졌다고 해서 그들을 홀대하여서도 안 된다. 그들은 당신이 가장 약할 때 언제나 방패막이를 해주던 강한 사람이었지만, 지금은 쇠약해진 참전 용사일 것이다.

결국, 그들도 다 똑같은 사람일 뿐이다. 자신보다 당신을 사랑해왔고 지금도 그럴 것이지만, 당신만큼이나 스스로를 사랑하는 사람이며, 또 그래야 할 사람들이다. 그들의 존재에 대한 보답을 게을리하지 말자. 긴 시간 동안의 희생을 외면하지 말자. 감정적으로 보나 이성적으로 보나 우리 삶의 일부를 떼어내어 그들에게 보답하는 것이 옳다. 그리고 그것이 빠를수록 나에게 후회가 적을 것이다.

결국, 그들도 다
똑같은 사람일 뿐이다.
자신보다 당신을 사랑해왔고
지금도 그럴것이지만,
당신만큼이나
스스로를 사랑하는 사람이며,
또 그래야 될 사람들이다.

마음에도 예보가 있다면

옛날 사람은 아니지만, 가끔 이런 생각을 합니다. 강 앞에 서 기우제를 지내던 시대가 불과 백 년이 채 지나지 않았는데, 이젠 신적인 영역이라 여겨지던 날씨를 예측하는 시대에 살고 있으니 참 묘한 일이라고.

이젠 주머니에서 휴대폰을 꺼내 '언제 어디 날씨' 이렇게 검색하면 짠 하고 알려주는 시대에 살고 있으니 참 좋아진 세상이라고. 속수무책이었던 태풍에 미리 대비를 할 수 있는 그런 세상이라고. 그런 걸 생각해보면 기술의 발달이라는 거, 이면도 있지만 두고두고 감사할 일인 것 같습니다.

그러면서 욕심을 부려 봅니다. 일기 예보처럼 사람 마음도 미리 들여다보는 세상이 올까 하고요. 마음 예보. 웃긴 상상이라 할 수 있겠지만, 옛날 사람들이 뭐 날씨를 당연히 예상할 수 있는 세상이 올 거라 상상이나 했겠습니까. 언젠가 그

려왔던 하늘을 날아다니는 자동차처럼, 가상 현실 세계처럼, 사람의 마음을 미리 알아보는 기술도 꼭 발달할 거란 상상을 합니다.

하지만 그런 세상이 온다 하더라도, 내가 사는 이 시대는 절대 아니겠죠. 아마 그런 날이 온다면, 백 년이 아니 몇백 년이 지나도 가능이나 할까 감이 잡히지 않는 기술과 시대일 것입니다.

이런 잡생각을 하니 눈치 없이 마음이 찔끔 아려옵니다. 참 감사한 시대에 살고 있지만 나도, 당신도 시대를 잘못 만나 이렇게 이루어지지 않은 걸까 하고.

내가 당신의 마음을 예측할 수 있었다면 우리가 사랑에게로 한 발짝 가까워지지 않았을까. 당신이 이런 내 마음을 알 방법이 있었다면, 한 번쯤은 나에게 속아주는 척 마음을 열지 않았을까. 이런 시대의 탓을 해봅니다. 정말 좋아했던 사람을 눈앞에서 잃어버리니 별 미련한 생각이 다 드나 봅니다.

내가 말하고도 이루어질 것 같지 않은 기술입니다. 어쩌면 당신과 내가 사랑으로 살아가기 위해선 기술이 아닌, 내가 당신에게 그리고 사랑에 발달했어야 하는 것이 정답 아니었을까 합니다. 다른 것을 탓하면 마음은 편해서 시대 탓이라고 했지만, 결국 다 내 탓입니다. 내가 당신의 마음을 예측하지 못했습니다. 멍청했습니다. 무지했습니다. 사랑에, 당신에 발달이 더디어 서툴렀기 때문입니다.

앞으로의 삶 안에, 당신과 함께했던 세상만큼 아름다운 세상이 또 있다면, 그땐 꼭 '마음 예보'를 할 수 있었으면 좋겠습니다. 이별의 폭풍 같은 것들을 예측할 수 있었으면 좋겠습니다. 만약, 정말 만약 누군가를 다시 사랑할 날이 내게 남아 있다면 말이죠.

아, 눈치 없이 나의 마음이 예보됩니다.

얼마가 지나도 당신이 보고 싶을 거란 생각이 마음 깊이 예보됩니다. 언제 어디서든 나의 마음에는 비가 내릴 것만 같은 아픔이 예보됩니다. 앞으로의 사랑은 있을지언정 앞으로의 당신은 다신 없을 것이라는 절망이 예보됩니다.

보고 싶습니다.

내가 당신의 마음을 예보할 수 있었더면
우리가 사랑으로 한 발짝 가까워지지 않았을까.
당신이 이런 내 마음을 안 방법이 있었더면,
한 번쯤은 나에게 속하는 듯 마음을 열지 않았을까

최선의 휴일

오늘은 최고의 휴일을 보냈어요. 어젯밤 일찍 누워, 알람 없이 일어나 시리얼을 먹었어요. 가벼운 몸을 이끌고 어디론가 향해야겠다고 생각했죠. 편한 옷을 입고 서점에 들러 좋아하는 시인의 시집을 하나 가져와요. 그 시집과 커피를 곁들여 정오를 보냈어요. 낮엔 창가로 들어오는 볕이 얼굴만 비켜 와 쬐어서 눈부시지 않았죠. 분위기가 있는 풍경 사진을 몇 장 찍어 올렸어요. 주변 골목에 조용한 가게에서 간단히 점심을 해결하고, 한강을 빙 둘러 따릉이를 탔어요. 하늘은 맑고 바람은 시원해서 내가 구름 위를 걷는 것만 같았죠. 집에 들어와 나른해진 몸으로 영화 한 편, 화이트 와인, 상큼한 과일과 함께 남은 휴일을 만끽해요. 아, 영화가 끝났어요. 아까 읽다 만 시집을 에코백에서 꺼내요. 이해가 잘 되지 않았던 부분을 곱씹어 읽어 봐요. 그러다 괜한 단어가 눈에 딱 밟히는 거 있죠.

'최선'

이라는 단어 말이에요. 최선. 그 단어를 보며 괜히 마음이
이상한 곳으로 불시착해요. 들뜬 마음이 엔진을 달고 붕 날았
다 어딘가에서 투욱 떨어져요. 분명 최고의 휴일인 줄 알았는
데, 단지 최선의 휴일이었어요. 나는 네가 없다는 것만 빼면
완벽한 하루를 보낸다는 게, 아직도 익숙지 않은 사람이에요.

너 없이 안식할 수 없는 사람이 여기에 기다리고 있어요.
돌아오진 않아도, 나는 단지 기다리고 있어요.

마음은 다 가질 수도 없고
욕심은 다 채울 수 없다

　흔히 사랑을 시작하고, 마음이 농익으면 상대의 마음을 소유하고 싶다는 욕심이 생기기 마련이다. 사랑이 깊을수록 더. 또 그러한 욕심은 나의 마음을 채우고자 하는 욕구에도 정비례 그래프를 그린다. 상대의 마음을 다 소유해서, 그것으로 나의 마음을 다 채워야만 직성이 풀리는 것이다. 그래서 어느 순간 사람이 감정적으로만 변하기도 한다. 상대의 상황이나 조건은 고려하지 않고, "내가 서운한데.", "나는 부족하게 느끼는데." 이 한마디로 모든 것을 해결하려고 하는 것이다. 그렇게 앞뒤 없이 상대의 마음을 다 가지고, 그것으로 내 맘을 채워 넣으려는 철부지가 되어 있는 것이다.

　깊은 사랑은 삶에 활력과 행복을 가져오지만, 자칫하면 활력과 행복을 깊은 사랑으로만 채울 수 있는 사람으로 만들기도 한다. 그러한 사랑은 상대로 하여금 점차 거리를 두게 몰아갈 뿐이다. 당신은 그저 더 철이 없는 사람이 될 뿐이다.

상대는 사랑을 주고받는 느낌이 아닌, 끊임없이 감정소모를 하는 느낌을 받게 될 것이다.

깊은 사랑의 단계에 들어섰다고 느껴지는 순간, 우리는 서로의 마음을 점검할 시간이 필요하다. 깊은 바다에 푸욱 빠져들어 가기 전에 긴 호흡을 하는 것이다.

어느 순간 상대로 하여금 내 감정을 채우기 바쁜 것은 아닐까? 그러니까 사랑을 하기보단 감정을 구걸하고, 그것으로 나의 빈 곳을 채워 넣기 바쁜 사랑을 하는 것은 아닐까? 마음을 빼앗고 있는 건 아닐까? 그러니까 사랑이란 명분을 내세워 모든 마음을 소유하려는 것은 아닐까?

누구의 마음도 온전히 가질 수 없고, 온전히 채울 수 없다. 마음은 소유하는 것이 아니고, 빼곡히 채울 수 있는 것도 아니다. 애정에 결핍이 있다 해도, 연인의 사랑으로 그것을 메꾸려 하는 것은 잘못된 마음이다. 그것을 인정하는 것이 올바른 사랑의 길이다. 사랑은 깊으면 깊을수록 가질 수 없음을, 채울 수 없음을 인정하는 길.

사랑에 미쳐도 욕심엔 미칠 수 없다는 것. 늘 기억하고 사랑에 빠져들 것.

누구의 마음도 온전히 가질 수 없고, 온전히 채울 수 없다.
마음은 소유하는 것이 아니고, 빼곡히 채울 수 없는 것도 되며.
사랑에 빠져도 목심인 씨일 수 없다는 것.
늘 기억하고 사랑에 빠져드는 것

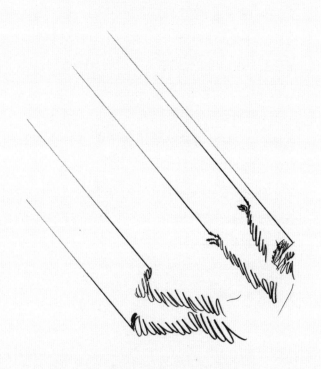

배는 고픈데
입맛이 없는 날이 있습니다

 가끔씩 배는 고픈데 입맛이 없는 날이 있습니다. 빈속은 뭐라도 집어 넣어달라고 꼬르륵거리는데, 머리에는 든 것이 너무 많아서 끌리는 게 없는 날입니다. 그런 묘한 기분이 드는 날을 두고 생각합니다. 어쩌면 지금의 내 마음도 비슷하지 않을까. 마음은 외롭다 외롭다 안에서 신호를 보내는데, 웬일인지 다른 사랑이 끌리지 않는 걸 보면 내 머릿속엔 당신이 가득 차 있는 것이겠지요. 아니, 당신으로만 가득 차 있는 것이겠지요.

 답답하고 또, 묘한 감정입니다. 어쩔 수 없는 감정입니다. 나는 외롭고 쓸쓸하고, 마음이 텅 빈 것 같은데 왜 하필이면 머릿속이 당신으로 가득차서 공허한지 모르겠습니다. 왜 하필이면 당신으로 인해 외롭고 쓸쓸한 것인지 모르겠습니다.

 이제 나의 마음은 굶어 죽는 일밖에 남지 않은 것일지도 모르겠습니다. 마음은 외로움에 굶주리고, 나는 당신만 보고 싶고 그렇습니다.

사람을 사랑하는
습관을 가지세요

　습관처럼 사랑을 찾아다니지 말고, 사람을 사랑하는 습관을 가지고 살아가세요. 습관처럼 이성을 찾아다니지 말고, 사람 자체를 사랑하는 습관을 가지세요. 그것이 모든 사람을 사랑하라는 뜻은 아닙니다. 나의 사람에게 관용을 베풀 줄 아는, 진심으로 축하해줄 수 있는, 또 진심으로 아픔을 나눌 줄 아는 그런 습관들을 가진 사람이 되어 살아가세요.

　습관처럼 사랑을 찾아다니다 보면, 사람 그 자체를 사랑하는 법은 잊게 될 것입니다. 단지 이성을 찾아 헤매는 사람이 될 것이며, 또 상대를 이성으로만 바라보게 될 것입니다. 사람 대 사람이 아닌, 이성 대 이성으로만 상대를 찾고, 그렇게 대하는 것이죠.

　결국, 나도 사람으로서 사랑을 받을 수 없을 것입니다. 깊은 사랑이 오가지 못할 것이며, 사람으로서의 존중과 배려가 없는 사랑을 이어갈 것입니다. 내가 좋은 사람이 되지 못하면, 좋은 사람이 나에게 오지 않는 것과 같은 이치입니다. 습관적인 연애는 나를 좋은 사람으로 만들어주지 못할 뿐이며, 나 또한 좋은 사람을 만날 수 없게 될 것입니다.

내가 먼저 사람으로서 좋은 사람이 되어 주세요. 모쪼록 가벼운 만남에서 벗어나세요. 여자, 남자가 아닌 사람으로서 사랑해주세요. 한 사람의 삶을 존중할 줄 아는 사람이 되어 주세요. 사소한 말 하나하나 새겨들어 줄 수 있는 마음을 가진 사람이 되어 주세요. 행복과 슬픔을 진심으로 나눌 줄 아는 사람이 되어 주세요. 잘 보이기 위해 잘해 주지 말고, 사람을 사랑하기에 있는 그대로 잘해 주세요.

그러니까, 사람을 사랑하는 습관을 가지고 살아가세요. 습관적으로 사랑하는 사람이 되지 말고.

상실의 아픔에는
해결법이 없다

우리는 마음으로 알고 있다. 소중했던 사람을 다른 사람으로 잊으려 하는 거, 부질없는 일이란 걸. 마음의 공허함을 사람으로 채우려는 순간 망가지는 건 내가 될 거란 거. 그럼에도 우리는 상실의 아픈 감정을 다른 사람으로 치유하기 위해 노력한다. 해결해보려고 안간힘을 쓴다. 결국, 그렇게 다시 시작한 사랑에서 나는 가해자가 되거나, 또다시 피해자가 되기 마련이다.

머리로는 그러한 상황이 생길 것을 어느 정도 알고 있다. 알면서도 그러는 이유는 그것밖에 할 수 없기 때문이다. 시간에 맡기자니 내가 지금 너무 아프고, 깔끔하게 정리해보자니 그게 내 마음대로 되는 것도 아니고.

기억해야 할 것. 상실의 아픔은 해결법이 없다. 단번에 치유되는 개념이 아니기 때문이다. 단지 닳아지는 것이다. 덧씌운다고 없어지는 것이 아니다. 닳아서 조금씩 마모되고 아무는 길뿐이다.

상실의 아픔이 있다면, 지금 당장 당신이 할 수 있는 일은 없다. 있는 그대로 받아들여라. 마음껏 아파해서 조금씩 마모되도록 온 힘 다해 맞아주어라. 당신이 온 맘을 다해 아파해 준 만큼 마음도 그것을 알아줄 것이다.

진정한 사랑이었다면, 진심을 다해 슬퍼해 주어라. 깊게 망가져 주고 맘껏 울어 주어라. 감히 덮으려 하지 말고, 당장 지우려 하지 말고. 그것만이 당신이 상실의 아픔에 대처하는 가장 현명하고 바른 방법일 것이다.

그렇게 진심으로 아파하며 상실의 아픔을 아물게 한다면 그것은 오롯이 당신의 덕이다. 시간의 덕도 그 무엇의 덕도 아닌 온전한 당신의 덕이다. 그리고 당신의 덕으로 아문 마음을 통해 단단해진 사람도, 당신일 것이다.

사랑했던 사람아. 온 맘을 다해 아파해 주어라.

사랑하는 사람에게
편지를 써주세요

이 세상에 진실된 사랑을 하는 사람이 단 한 명이라도 존재한다면, 세상이 아무리 좋아진다고 하더라도 상상할 수 없을 만큼 먼 미래가 온다 하더라도 편지지는 없어지지 않을 거란 생각을 합니다. 메시지를 보내거나 소곤소곤 통화를 하거나 얼굴을 보고 대화하는 것과는, 전혀 다른 마음을 전할 수 있기 때문입니다. 잠이 오지 않는 새벽, 나를 위해 준비해두었던 고운 편지지를 꺼내어 고르지 못한 필체로 한 땀 한 땀 적은 편지는 "사랑해"같이 매일 할 수 있는 말과는 다른 사랑을 전하곤 합니다. 그것은 조금 더 세밀하고 꽉 찬 마음입니다. 너를 사랑하는 사람은 참 많겠지만, 그 누구보다 너를 세밀하게 사랑해. 같은. 그래서 빈틈없이 사랑해. 같은. 지금 세상엔 굳이 필요하지 않은 편지지 같은 물건이, 지금 사랑을 하는 사람 사이에서는 꼭 필요한 것일지도 모르겠습니다.

이젠 많이 사랑해주는 사람보다, 세밀하게 사랑해주는 사람이 참 좋아지기 때문입니다.

양심의 가책이 없는 이별

어릴 적에 들었던 이야기가 있다. 마음속엔 양심이란 칼날이 있는데, 나쁜 짓을 하면 그 칼날이 돌아가며 우리의 마음을 베어버린다는 이야기. 그래서 나쁜 짓을 하면 마음이 아프고 신경 쓰이는 거라고. 콕콕 찌르는 느낌이 드는 거라고. 하지만 나쁜 짓을 하면 할수록 그 칼날은 열심히 돌아가고, 결국은 녹이 슬어 무뎌진다고. 그랬다. 나중에는 양심의 가책을 느낄 수 없을 정도로. 무뎌진다고.

나는 당신과의 이별을 생각하면 이 이야기가 수없이 머릿속을 맴돈다. 어쩜 당신이 이별에 대해 의연할 수 있었던 이유. 아픈 티 전혀 없이 뒤돌아설 수 있었던 이유.

당신 마음속에선 이미 많은 이별을 하고 있었구나. 서로의 잘못이 쌓이는 동안. 당신의 마음속에서 우린, 수없이 이별을 반복했고 그렇게 당신이 맘속으로 이별을 다짐할 때마다 돌아가던 날카로운 어떤 가책이나 정이라는 칼날이 무뎌진 것이다. 그래. 그래서 그때, 이별 앞에선 당신의 표정이 의연할 수 있었구나. 당신의 말투가, 행동이 별 요동 없이도 떠나갈 나를 마주할 수 있었구나.

아, 이미 당신은 나와의 이별을 수없이 반복해온 사람이었구나. 그런 것도 모르고 염치없이 나는 당신의 옆을 지켜 왔던 거구나. 내가 당신을 그렇게 매정한 사람이 되게끔 몰고 갔던 거구나. 감정이 무뎌지도록 만든 거구나. 당신은 이별의 가책이 없는 사람이 되었고, 나는 눈치 하나 없는 사람이 되었구나.

핑계보단 사과를
먼저 건네주세요

    사랑하는 사람을 서운하게 했고 그로 인해 상대가 서운함을 느낀다면, 장황한 상황 설명부터 하기보단 사과를 먼저 건네주세요.

    사랑을 하고 있는 상대는 당신의 무조건적인 사과 하나라면 언제든 용서해줄 마음이 있는 사람입니다. 하지만 당신이 사과보다 핑계를 우선으로 한다면, 그것은 마음을 담은 미안함이 아닌 처한 상황에 대한 이해를 강요하는 것으로밖에 들리지 않을 겁니다.

    사랑하는 사람들은 서로가 서로에게 가장 다루기 쉬운 사람들입니다. 또 서로에게 가장 많은 이해를 해줄 용기가 있는 사람들입니다. 그러니 괜한 자존심 내세울 필요 없고, 상황을 대뜸 먼저 설명할 필요도 없는 것이죠. 가장 먼저 미안하단 말을 해주세요. 모든 것을 제쳐둔 진심 어린 사과 하나라면, 당신의 피치 못할 상황을 또는 핑계를 너그럽게 이해해주지 않을까 합니다. 당신이 굳이 강요하지 않더라도, 자연스럽게 말이죠.

이런 사랑을 하자

사랑하는 사람아. 우리 이런 사랑을 하자.

방식은 달라도 마음은 같은 사랑을 하자. 말이 오가기보단 마음이 오가는 사랑을 하자. 서로를 위하기보단 서로에 의하는 사랑을 하자. 서로가 무엇을 바라기보단, 서로를 온전히 바라보는 사랑을 하자. 불타는 사랑보단 꺼지지 않는 사랑을 하자. 맘껏 챙겨주기보단, 맘껏 포기하는 사랑을 하자.

무엇보다 우리, 사랑을 주려고 하지 말고 또 받으려고도 하지 말고. 있는 그대로 사랑을 하려고 하자. 사랑하는 사람아. 우리 이런 사랑을 하자.

서로를 귀하기보단 서로에 의하는 사랑을 하자.

서로가 무엇을 바라기보다는,

서로를 온전히 바라보는 사랑을 하자.

지금의 사람을 사랑하세요

어떤 사람과 사랑을 한다면, 그 사람의 지금을 사랑해야 합니다. 그간 어떤 삶을 살았건, 어떤 사람을 만나왔건, 어떤 소문이 들리든, 어떤 평가가 들어오든 말이죠. 그 사람의 지금을 믿어주지 못한다면, 나는 의심을 품고 만남을 이어가게 될 것입니다. 그 사람의 지금을 보지 못한다면, 나는 영영 오해를 하고 살아갈 수도 있습니다.

먼 과거에 묶여 있다면 사랑하는 상대를 옆에 두고도 뒤를 돌아볼 것이고, 먼 미래를 생각한다면 상대와는 다른 곳을 향하는 사람이 되어 있을 겁니다. 이미 지나간 소문 따위를 듣는다면 가장 중요한 사랑한다는 말이, 귀에 들어올 수 없게 됩니다. 타인의 평가에 휘둘려 그 사람을 평가한다면, 사랑하는 사람의 말보다 남의 말을 믿는 사람이 될 것입니다. 당신과 그 사람이 사랑하고 있는 시간은 지금이며, 행동의 주체도 당신과 그 사람 둘뿐입니다. 둘뿐이어야 합니다.

과거의 사람을 사랑하려 하지 마세요. 미래의 사람을 사랑하려 하지 마세요. 소문의 사람을 사랑하려 하지 마세요. 단지, 지금 당신 앞의 그 사람을 사랑하고 살아가세요. 지금 당신 앞에 놓인 시간 속에서의 상대를 바라보며 살아가세요.

하루살이 같은 마음이 있다

  사랑하는 사람과의 이별 앞에서. 그러니까 정말 사랑했고, 앞으로도 사랑할 자신이 있는 나를 이별의 구석으로 몰아세웠던 그 사람과의 마지막 이별 앞에서. 나는, 다시 나를 사랑해주길 바라지 않았다. 그런 희망은 버린 지 오래였다. 이미 놓쳐버린 사람이란 걸 알고 있었다. 이어질 수 없는 인연이란 걸 알고 있었다. 그 사람이 놓아달라 말하는 눈빛을, 자주 알았으니까.

  그래. 모르는 게 아니라 다 알고 있었다. 이젠 돌릴 수 없다는 것도, 떠나갈 거라는 것도. 하지만 나는 그와의 이별 앞에서 자존심을 구겨가며 기필코 붙잡았다. 내가 더 잘하겠다고, 용서해 달라고 무릎을 꿇고 울었다. 마음을 회유시키려고 안간힘을 썼다. 놓치는 순간이 지금만큼은 아니길 바라는 마음이었다. 그 사람이 언젠가 떠나가리란 걸 알면서도, 단지 지금만큼은 아니었으면 하는 마음이었다. 어리석은 짓이었다. 하지만 그때의 나에겐 전부와도 같은 사람이었기에, 그래야만 했다.

그래. 그와의 이별 앞에서 나는 보잘것없는 하루살이 같은 마음이었다. 하루 마음을 벌어 하루 사랑을 연명했다. 하루 사랑을 얻어 하루 힘겹게 살아가는 그런 사람이었다.
시간이 지나선 왜 그렇게 살았나 싶다가도, 하루살이는 제가 하루살이인 줄 모르고 열심히 사는 것과 같은 이치였다.

사람은 사랑 앞에서, 늘 작아지고 한 치 앞밖에 보지 못하는 바보가 되는 것이었다.

사랑을 시작하기 전엔
외로워질 각오가 필요합니다

누군가를 사랑하려면 외로워질 각오를 해야 합니다. 사랑하기 전에 행복할 준비를 하는 것처럼 말이죠. 사랑으로 범람해질 준비처럼, 무던히 있을 외로움을 받아들일 준비가 되어 있어야 합니다. 그래야 당신이 덜 아프고, 무너지지 않으며 사랑을 할 수 있습니다. 사랑이란 감정의 겉면에는 달콤함이 묻어 있지만, 그 속은 온통 외로움이 가득 차 있는 법이거든요.

누군갈 사랑하게 되면 여느 날처럼 혼자 있는 시간이 유독 외롭게 느껴질 것이고, 별거 아닌 일에도 유난히 혼자가 된 기분이 들기 마련입니다. 새벽이면 속상함에 우는 날이 많아질 것이고, 상대의 모든 것이 궁금해지면서 자신은 점점 사라지는 기분이 들기 마련입니다.

그래서 우린 사랑하기 전에 외로움을 받아들일 각오가 필요합니다. 용기가 필요합니다. 행복하기 위해 시작한 사랑일지라도 외로움을 더 많이 느끼게 될 테니까. 사랑이란 감정이 크면 클수록, 사람은 더 깊게 외로워지곤 하니까.

아름답지 않았을까요 아님
우리만 아름다운 걸 몰랐을까요

정말 아름다운 기억은 더 이상 미화할 수 없어서 자꾸 슬퍼진대요. 그래서 그런 기억들은 대개 내 삶을 콕 하고 찌르기도 하지요.

'아름다운 기억'

되뇌다 흠칫했습니다. 우리가… 아름다웠을까요. 아니라면, 아름답지도 않은 기억이 왜 자꾸 슬퍼진다고 고집부릴까요.

매일같이 다투고 상처 주고 이어졌다가도 또 멀어지고. 소리 질렀다가 다정함을 못 이겨 안아 주고 다시 밀쳐 냈죠. 모든 걸 이해할 듯 바라보다가도 서로 못 잡아먹을 듯 째려보기도. 우린 그러다 다신 함께할 낭만이 없어 도마뱀처럼 저 스스로 꼬랑지를 잘라 내고 내뺐다지요.

"젊은 날엔 젊음을 모르고" 이름은 몰라도 이 가사, 기억해요. 당신의 18번이었죠, 아마. 검색해 보니 노래 제목이 '언젠가는' 이랍니다.

말마따나 가장 젊은 날엔 젊음을 모르고 산답니다. 그럼 우린 서로가 가장 아름다웠던 날에 그 아름다움, 모르고 산 건 아닐지요.

언젠가는 다시 이어질 날, 바라지 않지만 언젠가는 아름다웠다 인정할 날 오기를 바라며. 전하지 못한 마지막 안부 마칩니다. 나도 당신도 언젠가는 아름다움으로 기억되기를 응원해요.

오래 헤어지는 중입니다

오래 당신을 그리워하다 보니 이젠 내가 당신을 그리워하는 건지, 그리운 마음이 당신을 습관처럼 그리는 건지 잘 모르겠습니다.

예전엔 비가 오기라도 하면 "아, 오늘은 당신이 생각나겠구나." 싶다가도, 이젠 당신 생각이 나면 "아, 이제 곧 비가 오겠구나." 싶습니다.

가끔씩 꿈에 당신이 나오면 깨어나 청승맞게 울었지만, 어떤 일 때문에 한바탕 울고 나면 내 꿈엔 당신이 나와서 나를 꼬옥 안아줍니다.

아직까지도 그립고 슬프고 반갑고 그렇습니다. 헤어진 이후로도 나 혼자 당신을 오래 사랑하다 보니 이렇게 뒤죽박죽인 삶을 살아갑니다. 아니, 어쩌면 나의 삶은 정말로 사랑했던 당신과 오래 헤어지는 중일지도 모르겠습니다.

:

우리의 삶 안에서 진실된 나를 바라보면 좋
겠습니다. 나의 가치를 알고, 나아가 움켜
쥐는 사람이었으면 좋겠습니다.

Chapter 3

인생에서의 연습

당신은
괜찮아지는 사람입니다

삶은 늘 우리에게 시련을 주기에 쉽게 두려워집니다. 또 시련에 맨몸으로 노출되어 있기에 걱정을 하며 지레 겁먹기도 하는 것이죠. 우리는 지금까지 살아오기 위하여 참 많은 시련을 겪어 왔습니다. 늘 그래 왔습니다. 끊임없이 어떤 일이 일어나고, 나는 그것을 해결하려 끙끙 앓았죠. 내 손으로 해결할 수 있든, 해결할 수 없든 그것과 상관없이 두렵고 마음이 쓰이고 그랬습니다.

나의 삶을 되짚어 봅니다. 어린 시절 꼬마였을 때로 돌아가 봅니다.

자그마한 성적표 하나에도 밥이 넘어가지 않을 정도로 목이 메고, 두려운 마음에 얼굴이 새하얗게 질리던 내가 있습니다. 힘이 센 친구의 겁박이 두려워서 잠을 못 이루던 내가 있습니다. 호랑이 같은 아버지의 일찍 들어오란 문자 하나에 가슴이 철렁했던 내가 있습니다. 이렇게 되짚어 보면, 비교적 몇 년간의 일들도 이와 같은 이치였습니다. 지나가 보면 별거 아닌 일인데 두려워했고 걱정했던 내가 있습니다. 또 일어나지도 않을 걱정에 잠 못 이루던 내가 있습니다.

그때의 시련들을 부정하고자 함은 아닙니다. 단지 참 두렵고 마음고생 한참 했던 일들도, 시간이 지나면 왜 그렇게 걱정했나 싶고 뭐가 그렇게 두려웠을까 싶은 생각이 든다는 겁니다. 나에게 시련은 있었지만, 언제나처럼 지나갔고 나는 또 언제나처럼 아무렇지 않게 생각해 왔습니다. 그러니까, 뭐 우린 늘 괜찮아지는 사람이라는 것이죠.

참 다행인 일입니다. 당신도, 나도 결국은 괜찮아지는 사람입니다. 걱정한다고 달라질 거 없는 일들이 너무 많고, 지금 걱정해봤자 나중엔 별거 아닌 일들이 너무 많습니다. 지금 당장 일어난 일 때문에 걱정되는 게 아니라면, 그러니까 그동안 많은 시련을 겪어오면서 생긴, 일어나지도 않을 일에 대한 방어 본능의 두려움과 걱정이라면 감히 괜찮다 말할 수 있겠습니다.

대부분 일어나지도 않을 일들이고 당신을 해치지 않을 일들입니다. 또 일어난다고 해도 우리는 늘 괜찮아져 왔던 사람이고, 이번 일도 늘 그랬듯 괜찮아질 것입니다. 오늘부터 나에게 말해줍시다. 괜한 일로 시간과 감정을 낭비하지 않도록.

"괜찮아질 거야. 늘 그래왔듯 앞으로도 꼭 그렇게. 나는 늘 괜찮아지는 사람이었으니까."

넘어져도 된다
또 쉬어가도 된다

당신에게는 언제나 걱정이 있을 것이다. 그중 대부분은 '내가 넘어진다면' 따위의 두려움과 상상일 것이다. 그런데 당신, 걱정의 늪에서 허우적거리지 않아도 된다. 몰려오는 걱정에 긴 새벽을 잠 못 이루지 않아도 된다. 그깟 거 넘어져도 되기 때문이다. 당신은 일어나지도 않을 것에 두려워하고, 또 그것으로 도를 넘는 상상을 했기 때문에 크게 다칠 거란 망상을 품는 것뿐이다.

하지만 당신은 당신 생각만큼 약한 사람이 아니다. 넘어져도 곧, 흙먼지 훌훌 털고 일어날 수 있을 것이다. 또 그렇게 쉽게 걸려 넘어질 사람도 아니다. 그간 넘어져 왔고, 또 그런 연습을 해왔기에. 당신의 중심은 그렇게 쉽게 흔들리지 않을 것이기에.

당신에게는 숱한 고민이 있을 것이다. 그중에 대부분은 '어떻게 빨리 갈 것인가' 따위의 계산일 것이다. 그런데 당신, 그런 고민의 굴레에서 잠시 떠나버려도 된다. 고민으로 두통을 앓지 않아도 되고, 여유를 잃어버리지 않아도 된다. 그깟 거 조금 쉬어가도 되기 때문이다. 나의 길이 늦어지면 안 되는데…. 하면서 스스로를 채찍질 해왔기 때문에 몸과 마음에 상처가 많다. 그러면서도 약해진 몸과 마음을 안고 나아가고 있다. 하지만 그것은 전혀 빠른 길이 아니고, 바른 길도 아니다. 그간 그렇게 온 힘을 다했으니 잠시 마음을 쉬게 두어도 괜찮다. 잠시 머리를 식혀도 괜찮다.

당신은 당신 생각만큼 강한 사람이 아니다. 한계를 떠안고 언제까지나 나아갈 수 있는 사람이 아니다. 그렇게 상한 마음을 떠안고, 바라던 곳에 성히 도착할 순 없을 것이다. 그러니 당신의 목표와 꿈을 위해서라도 조금의 쉼을 허락하도록 하자. 쉬는 것도 나아가는 과정일 뿐이기에. 내가 잠시 숨을 고른다 해서 무언가 무너지는 것이 아니기에.

그게 더 힘든 건지도
모르고

아프다고 말하면 정말 더 아파질 것 같아서 입 밖으로 꺼내지 않았지. 무슨 일 있냐 물어볼 때 이야기하면 정말 무슨 일 있는 사람이 될까 봐 아무 일 없는 것처럼 숨겼지. 보고 싶다고 말하면 정말 더 그리워질까 봐 있는 힘껏 눌러 담았지. 싫다고 밉다고 말하면 내가 나쁜 사람이라도 된 것 같아서 굳은 표정 대신 밝게 웃었지.

그랬던 우리는 더 이상 이전까지의 우리를 견딜 수 있으려나 몰라. 그게 정말 아픈 거고 무슨 일 있는 거고 그리운 거고 미운 거였잖아. 남을 속이기도 모자라 나를 속이면서까지 괜찮다고 다독였는지.

우린 왜 스스로 자꾸 마음 안의 병을 키우고 살아 왔는지.

멍든 것보다 아픈 위로를 기필코 나에게 건네 왔는지.

난 괜찮다

1. 언젠가였다. "안 괜찮다." 말하려고 하는데, "난 괜찮다."
   이 말이 한발 앞서 튀어나왔다. 난 괜찮다고. 잘 살겠다고.
   그러니 너도 그러길 바란다고. '안'과 '난' 고작 한 글자
   차이였지만 두 활자 사이의 간극은 지구 몇 바퀴는 돌아도
   좁혀지지 않을 법했다. 어쩌면 오늘부터의 그 애와 나의
   거리처럼.

2. 그 앤 내 말에 "이해해 줘서 고맙다." 답을 했다. 그리고
   마지막 안녕 인사. 나 그리고 며칠의 새벽은 알콜기와 후
   회가 섞인, 한탄에 가까운 호흡을 반복했다. 눈에 물때가
   낄 것처럼 울어 방안은 우기였다. 나, 안 괜찮다고 어린애
   처럼 떼써 볼걸 따위의 미련. 슬픔보다 후회가 앞서 나의
   왼쪽 명치를 자꾸 때렸다. '난 괜찮다.'라는 말이 나온 거.

나온 말을 고쳐 말하지 못한 거. 왜 그런 미련을 부렸지 싶었었다.

3. 허나 단언컨대 지금의 난 '난 괜찮다.' 꺼낸 걸 후회하지 않는다. 그때, 안 괜찮다며 질척였다면, 고맙다는 답이 아닌 미안하단 답을 들었겠지. 그건 미련보다 비련에 가까운 안녕임을 이제는 안다. 마지막을 미안해하는 상대와의 안녕은 서로의 시간에게 정말 미안할 안녕임을. 어찌 되었건 그 애와의 마지막은 마음의 퇴보가 아니었음에 깊은 고마움을 건넨다. 그때의 말마따나, 정말 나 괜찮게 잘 지내고 있으니. 그 애도 그러고 있기를 바라는 후련까지도 더해져 있으니.

시간이라는 여과 장치로 인해 서로의 부정이었던 것들이 정화되어, 긍정의 응원만이 가득하기를. 머무르거나, 진보하는 마음이기를. 그 누구와의 마지막을 동정하지 말 것이며 만남을 동냥하지 말 것이다. 대신 고마움을 표하고 간직함을 약속하며 대담히 물러서 그리워할 수 있기를. 우리 모두 서툴더라도 괜찮은 방향으로 마음을 견인할 수 있기를.

그렇게 살아갈 것

1. 나를 자랑하며 뽐내기보단, 나를 사랑하며 감싸고 살아
   갈 것.
2. 힘든 삶을 회피하기보단, 힘들 만한 가치가 있는 삶을 마
   주하며 살아갈 것.
3. 갖지 못한 것에 욕심을 부리기보단, 갖고 있는 것에 의미
   를 두며 살아갈 것.
4. 남을 위한 착한 사람이 아닌, 나를 위한 좋은 사람이 되어
   살아갈 것.
5. 빠른 것보다 바른 것에 의의를 두며 다른 것과 틀린 것의
   차이를 인식하고 살아갈 것.
6. 남을 의식하기보다, 나를 의식하고 살아갈 것.

   온전히 나를 위해, 그렇게 살아갈 것.

급할수록 천천히

얼마 전에 있었던 일이 떠오릅니다.

오랜만에 들린 고향 집에서, 갑작스레 서울로 올라갈 일이 생긴 적이 있습니다. 다음에 오겠단 인사와 함께 부랴부랴 준비를 하고 역으로 향했습니다. 도착한 역에는 운이 좋게도 열차가 곧 들어온다는 방송이 들리고 있었습니다. 행여 놓치진 않을까 역사 안으로 허겁지겁 뛰어가, 열차 안에 발을 들였던 기억이 있습니다.

하지만 곧 후회를 했습니다. 내가 타고 있던 열차는 급행열차를 먼저 보낸다는 이유로 몇 정거장 가지 않아 십몇 분을 대기한 채 있어야 했던 것입니다. 열차 안에서 시간대를 검색해 보니 내가 급하게 탔던 열차 다음에 오는 열차가, 도착해야 하는 역으로 가는 급행열차라는 것을 알게 되었습니다.

이런 일들을 겪다 보면 급한 것이 빠른 것은 결코 아니라는 생각이 듭니다. 급할수록 돌아가라는 말, 요즘은 마음으로 공감이 됩니다.

일에도, 학업에도, 사랑에도, 만남에도 열차를 급하게 타는 것처럼 조급한 마음으로 생각하지 않았으면 좋겠습니다. 행동하지 않았으면 좋겠습니다. 조금은 돌아가는 것처럼 보이더라도, 신중히 생각하고 깊게 알아봐야 내 급한 마음에 조금이라도 속도를 맞출 수 있지 않을까 합니다.

빠르게 가고 싶다면, 일은 원인부터. 공부는 기초부터. 사랑은 나부터. 만남은 작은 것부터.

그렇게 속사정부터 알고 하나하나 다져갔으면 합니다. 그것이 가장 빠르고 바른 길이지 않을까 합니다.

세상은 내가 급한 마음을 가진다고 해서 빠르게 돌아가 주지 않습니다. 새삼스레 느끼게 됩니다. '급할수록 천천히'라는 말. '급할수록 돌아가라'는 말. 급할수록 조급해 하지 않아야 한다는 것.

빛의 속도처럼 절대적인

나름 바쁘게 나아가고 있단 생각이 들 때, 세상은 나보다 몇 배는 빠르게 점점 가속도가 붙어가며 움직이는 것 같았다. 마치 상승 곡선을 타는 비율이라도 있는 것처럼. 나는 2를 움직였는데 6을 이동하는 것처럼. 노력해서 3을 움직이니 12를 이동하는 것처럼.

오랜만엔 만난 선배에게 말했다. 세상은 걷잡을 수 없이 빠르고 나는 뒤처진다고.

그랬더니 선배는 헛웃음 치며 말한다.

"야, 너도 그래? 나만 그런 줄 알았더니만 다 똑같네 똑같아…. 그렇게 보면… 그닥 상대적이진 않은가? 그보다는 절대적인 건가? 빛의 속도처럼."

"웅? 절대적이라뇨? 뭐가요?"

"유튜브에서 봤는데 현대 과학에선 시간도 공간도 전부 상대적인데, 유일하게 절대적인 건 빛의 속도뿐이라더라고. 하…. 어쩌면 우리는 내가 바쁘게 살면 세상 굴러가는 속도를 쫓아갈 수 있다고 착각하고 사는 것일 수도 있지. 세상의 속도는 불변으로 절대적이었고, 우리가 그걸 쫓아가려는 순간 이 지구에 존재하지 못하는 건데. …무슨 소리냐면, 빛의 속도에 일치하려면 중량이 없어야 한대. 존재하지 않아야 한다는 거야. 웃기지? 더 말해 줄까? 옛날 사람들은 시공간이 절대적이라고 생각했대. 하긴 뭐 항상 나를 내리쬐는 빛이 절대적인 존재라고는 생각지도 못했겠지, 마치 세상이 절대적인 속도를 지니고 있다는 걸 받아들이지 못하는 지금 우리처럼…. 나는 현대 과학이 틀렸기를 바라지만, 지금의 나로선 이해하지 못해도, 언젠간 인정해야 할 수밖에 없는 거 같기도 하고…. 절대적인 사실을 받아들이지 못하면서 상대적으로 옛날 사람이 되는 건가… 싶기도…."

그는 나의 빈 잔에 소주를 따라 주며 말을 이어 갔다.

"이해 못 했지? 터무니없는 말처럼 들리겠지만, 요즘은 뭐만 보면 내 인생처럼 감정이입하고 그런다. 마치 이별한 사람이 어떤 노랠 들어도 내 이야기처럼 받아들이듯이 말야."

내려가는 것이 더 어렵다
포기하는 것이 더 두렵다

산 정상을 목표로 두고, 끊임없이 걷다 보면 느껴지는 것이 하나 있다. 경사가 가파를수록 올라가는 것보다 내려가는 것이 어렵다는 것. 참 묘한 일이었다. 중력을 거슬러 위로 향하는 것보다, 중력의 이치에 맞게 밑으로 내려가는 것이 더 어려웠다. 가만 보면 그랬다. 오히려 내려가는 것이 더 힘들고 힘 빠진다. 지치고 고단하다. 더 자주 넘어지며 다친다.

어쩌면 삶은 가파른 경사를 끊임없이 걷는 것과 같지 않을까 한다. 우리가 어떤 일을 할 때 올라갈 구멍은 보여도, 내려갈 구멍은 도저히 보이지 않는 경우가 많다. 더욱 가파른 삶을 올라온 사람일수록. 무거운 발걸음을 무던히 옮겨온 사람일수록 더.

이제 조금 내려가고 싶은데, 그렇게 짐을 덜어내 버리고 싶은데 그게 그렇게나 두렵다. 무겁다. 그게 뭐라고. 포기하면 편하다는 것을 알면서도. 완전한 포기는 아닐 거라 생각하면서도. 두 보 전진을 위한 한 보 후퇴임을 알면서도. 머리로는 알면서도 마음은 내려가는 게 힘들다 두렵다 말하는 것이다. 더 올라가라고. 그게 맘 편할 거라고.

이 두 다리로 밟고 올라서 왔던 길인데, 한 번 올라서면 돌아서 거꾸로 향하는 게 왜 그렇게 힘든지. 막상 내려가 보면 무슨 커다란 일이 생기는 것도 아닐 텐데. 이제는 너무 많이 올라와 버려서, 내려갈 힘이 없을 정도로 지쳐 버린 건지. 아니면, 저기 보이지 않는 위에서부터 나를 끌어당기는 중력 같은 것이라도 있는 건지. 예컨대 욕심 같은 것들.

그래. 다 그랬다. 내려가는 것이 더 어려웠다. 더 욕심내고 더 갈망할수록. 그런 무거운 삶을 살아갈수록 쉽게 내려올 수가 없는 것이 살아가는 거더라. 삶이란 가파른 경사를 끊임없이 걷는 것과 같은 이치더라.

그래. 다 그랬다.
내려가는 것이 더 어려웠다.
더 욕심 있고, 더 갈망하는 사람이 될수록.
그런 무거운 삶을 살아갈수록.
쉽게 내려올 수가 없는 것이
살아가는 거더라.
삶이란 가파른 경사를
끊임없이 걷는 것과 같은 거더라.

나의 삶은
타인이 대신 살아주지 못한다

　나의 삶은 누가 대신 살아주지 않는다. 아니, 못 한다. 타인의 도움을 받을 순 있어도, 조언을 참고할 순 있어도 순간순간의 선택은 내가 행하는 것이며, 그러한 결과의 도출 또한 나의 손에 달려있다. 그렇다. 당신이 소극적인 삶을 살아왔든 적극적인 삶을 살아왔든, 삶은 지금껏 주체적인 선택의 연속이었고, 앞으로도 그런 주체적인 선택의 삶을 살아갈 것이다.

　하지만 아이러니하게도 나의 삶에 관계라는 것이 스며들면서, 삶이 점점 타인의 위주로 기운다. 스스로가 느끼는 것보다, 타인의 조언에 조금 더 귀가 기운다. 자신이 옳다 생각하는 일에도 타인이 부정적이라면 다른 방향으로 맘이 기운다. 그러면서 모든 선택을 스스로가 행하겠지만, 그 이유는 타인으로부터 결정되곤 한다. 주체적이지만, 주체적이지 못한 삶을 살아가는 것이다.

잊지 말아야 한다. 꼭 별 다섯 개의 맛집이 아니라도 나의 입맛에 맞으면, 그곳은 나에게 먹는 행복을 주는 맛집일 것이다. 꼭 높은 평점의 영화가 아니더라도 내가 재미있다면, 그것은 나의 인생에서 기억에 남을 명작이 될 것이다. 소문난 관광지가 아니더라도, 내 마음이 편하다면 그곳은 세상에 둘도 없는 나만의 휴식처일 것이다.

타인의 의견과 조언, 도움을 참고하는 것은 좋다. 하지만 타인의 생각에 의해 선택의 잣대가 자주 흔들린다면, 나에게 맞는 것을 자주 누리지 못하고 살게 될 것이며 나의 것을 잃어버리고 살 것이다.

타인의 의견은 적당히만 이용하고 살자. 선택은 내가 하겠지만, 선택의 이유가 타인에게서 나온다면 책임에 대해서도 남 탓만 하고 사는 반쪽뿐인 삶이 될 것이다. 발전이 없는 삶이 될 것이다. 만족도 없는 삶이 될 것이다. 당신의 의견, 당신의 선택, 당신의 책임, 그리고 당신의 평가를 소중히 하길 바란다. 삶은 타인이 대신 살아주지 못하며, 살아주어도 안 되는 것이다. 그러니 선택과 책임에 있어서 나의 마음에 귀를 기울여 주자.

내가 이 세상에서 온전히 가질 수 있는 유일한 것. 나의 삶이다. 아무 노력도 없이 빼앗겨 버린다면 배 아프지 않은가?

꿈을 그렸으면 좋겠습니다

어린 시절, 꿈나라에 간 사이 나도 모르게 이불에 지도를 그리던 것처럼, 우리 모두 자신도 모르는 사이에 꿈을 그려놓으면 좋겠습니다.

우리의 나이는 전부 어른으로 향하고 있지만, 꿈만큼은 언제까지고 꼬마처럼 찔끔찔끔 새어 나오는 사람들이 되었으면 좋겠습니다. 저도 모르는 사이 꿈이 자꾸만 새어 나와 그것을 침대에서도 그리는 사람들이 되었으면 좋겠습니다.

방대한 목표를 세우고 그것을 이루기 위해 죽도록 노력하자는 말은 아닙니다. 삶을 축축하게 적실 만큼의 꿈을 가지고, 그것이 나도 모르게 입 밖으로 새어 나와 삶의 지도를 그리는 사람들이 되었으면 좋겠습니다. 어쩐지 그런 삶을 살려면 조금 더 철이 없어지고, 어리광 피우는 마음이 필요하다 생각합니다.

왜 그런 때 있었잖아요. 꿈이 대통령이었던 적. 꿈이 유명한 운동선수였던 적 다들 있잖아요. 그렇다고 해서 그것이 우리 삶의 목표는 아니었잖아요. 조금은 현실성이 떨어지더라도, 당장 이루지 못할 것 같더라도 마음속에 간직하고 늘 꿈 같은 꿈을 꾸었으면 좋겠습니다.

힘든 삶에 치여도 그것을 상상하며 불면을 면했으면 좋겠습니다. 언젠가 이루리라는 희망을 품고 현실에 대해 조금 더 가볍게 나아갔으면 좋겠습니다. 새어 나오는 꿈, 억지로 숨기고 닦아내지 않았으면 좋겠습니다. 그래야 삶이 꿈처럼 아름답고 동화 같아지지 않을까 싶습니다.

당신이 꿈을 그렸으면 좋겠습니다. 그리고 그 꿈을 사랑하면 좋겠습니다. 꿈과 당신이 서로 닮아갈 수 있도록 말입니다.

아직은 어려서 그런 거라고

언젠가 엄마가 나에게 말했어. 지금은 싫어하는 것들이 꼭 그리워지는 때가 있을 거라고. 그때야 조금씩 어른이 되는 거라고.

엄마 말이 맞았어. 어릴 때에는 엄마가 낮잠을 재우려는 게 그렇게도 싫었는지 자기 싫다고 떼를 썼잖아. 김치 먹으라고 내 흰 밥 위에 신김치를 올리는 게 왜 그렇게 싫었던지 밥상에서 온갖 짜증을 냈던 적도 있었고. 라면 말고 밥 좀 먹으라고 반찬을 내주며 잔소리하는 엄마를 무시하고, 라면 봉투를 뜯곤 했어. 꼭 엄마와 나 사이 말고도 나의 어린 시절, 그 시절엔 싫은 것들이 참 많았어. 버릇이 못됐다고 혼내는 호랑이 선생님도, 자꾸만 옷을 훔쳐 입는 동생도, 술을 먹고 들어와 이야기 좀 하자는 아빠의 주정도.

뒤돌아보니 그런 것들이 전부 그리운 것이 되어 있었어. 낮잠의 여유도. 엄마 김치의 신맛도. 집밥의 따뜻함도. 선생님의 가르침도. 동생과의 다툼도, 아빠의 주정도. 전부 싫어했던 것이지만, 어느새 그리워하고 있더라. 언제부터라고 딱 말할 순 없지만, 하나둘 천천히, 그러나 언젠가 반드시 그리워지는 것들이었어.

그러한 것들을 두고 지금의 나를 생각하면, 갑자기 두려워져. 그냥 철없는 꼬마처럼 엄마 품에 안겨있고 싶어.

지금의 난 예전처럼 싫어하는 것이 너무 많은데, 그것들은 시간이 지난다 해도 그리워질 것 같지가 않아. 진절머리가나. 내가 싫어하는 사람도, 하기 싫은 일도, 나를 아프게 하는 말도, 또 자꾸 꼬이는 상황도 시간이 아무리 흘러도 절대 그리워질 것 같지가 않아. 언젠간 다시 보고 싶겠지, 듣고 싶어지겠지 하면서 견딜 수가 없어. 지금 내가 싫어하는 것들은 영원히 싫을 것 같고, 내가 힘든 것은 영원히 힘들 것 같아.

엄마, 엄마가 언젠가 이야기했잖아. 싫어했던 것들이 꼭 그리워지는 때가 있을 거라고 말야. 그때서야 조금씩 어른이 되는 거라고. 그럼, 어른이 돼서도 싫은 건 어떻게 해야 해? 난 이렇게 싫어하는 게 많은데 그래서 힘든데 어떻게 해야 이 것을 벗어 날 수 있을지 모르겠어. 싫은 것도 힘든 것도 너무 많은데 고쳐질 생각을 안 해.

아직도 내가 어린 애라서 그런 거라고 말해줘. 조금만 지
나면 금세 그리워질 거라고. 아직은 어려서 그렇다고 말야.
어른이 되려면 아직 멀었으니 걱정하지 말라고. 다 지나가면
그리워질 것들이라고 말해줘. 그래야 내가 조금이라도 숨 쉬
며 살 수 있을 것 같아 엄마.

우리가 머물던 자리

오늘도 여전히 지친 하루였습니다. 곧장 집에 가고 싶지만, 괜히 늘어지기만 할까… 카페에 들러 뭐라도 해 보기로 마음먹습니다.

오늘은 날이 유독 찬 11월입니다. 밖에서 보면 밝은 조명 덕에 포근할 것만 같았던 카페 안에도 찬바람이 솔솔 들어오고요. 그 탓에 뜨거운 커피도 언제 그랬냐는 듯 미지근하게 그 온기를 잃어갑니다.

고개를 돌려 통유리에 투영된 거리를 바라봅니다. 밖에 머문 시선에서도 여전히 쌀쌀함만 느껴집니다. 지나가는 사람들 모두, 오늘 내가 죽는다 해도 그 사실을 모르겠지요. 무의미하게 지나치는 사람들의 무관심이 차게만 느껴집니다. 그렇다고 꼭 관심이 필요한 사람은 아닙니다. 어쩌면 주변인들의 관심이 더 억센 바람일지도 모르는 일입니다. 누군가의 섬세함이 나를 더 얼게 할 수도 있는 세상인 탓이겠지요. 이어폰을 끼고 통화하는 사람들. 애정 어린 시선으로 대화하는 사람들. 바쁘게 움직이는 입술을 보며 묵음된 이야기들을 상상하다 괜히 헛헛함만 더해 가는 지금입니다.

꼭 날씨 탓만은 아니겠지요. 오늘, 날이 추운 탓에 마음까지 얼어 버린 것은 아니란 뜻입니다. 봄, 여름, 가을, 겨울 사계절 통틀어 내 마음은 보일러를 끄고 외출한 단칸방처럼 냉기가 가득합니다. 지친 몸을 이끌고 귀가하더라도 언제나처럼 어두컴컴하며 냉한 공기가 지친 나를 더 지치게 만들고 있겠죠. 겨울보다 시린 냉기가 구석구석 닫힌 맘을 비집고 불어 들어오고 맴돌기 바쁩니다. 어쩌면 모두가 그 안에서 발가벗고 서 있는 모습이겠죠.

…부정적인 일들만 떠올리다 시간이 제법 흘렀습니다. 한없이 늘어질까 도착했던 카페에서조차 딱히 생산적인 일은 하지 못했습니다. 초라하기 짝이 없는 하루입니다.

이러한 하루보다 더욱 초라한 일이 있다면, 쫓겨나듯 일어나야 하는 거겠죠. 할 일 없이 앉아 있다 마감이 되어서야 쫓겨나듯 떠나긴 싫었기에, 조금은 더 이른 시간에 맞춰 억지로 자리를 일어섭니다. "딱히 한 것도 없는데 시간은 왜 이렇게 빨라…." 하며.

긴 새벽, 잠이 오지 않을까 몇 모금 마시지 않은 커피 잔의 탁한 커피가 괜히 짠해 보입니다. 그러다, 이왕 온 거 한 모금만 더 마시고 떠나자 싶어 다시 자리에 나를 안착시켜 보기로 합니다.

그 순간, 기적적인 일을 맞이합니다.

갈 곳 없던 나에게도 아주 미세한 따뜻함이 느껴집니다.

한동안 앉았던 자리에 내가 심어 둔 온기였습니다.

날도 춥고, 세상은 냉랭하며 무관심과 관심이 서로 누가 더 추울까 겨루는 것 같은 때에도, 내가 앉은 자리만은 따뜻했습니다. 아니, 어쩌면 내가 앉은 자리 말고는 전부 '차가웠다'가 정확하겠죠.

그렇습니다. 육안으로 보이지 않는 침침한 공기 같은 것들이 내 방을 가득 채우고 있듯, 육안으론 보이지 않는 냉기가 세상 전체를 꽉 메우고 있었습니다. 이 시대의 수많은 사람이 우주처럼 어둡고 추운 삶 안에서 유영이라도 하고 있는 것처럼 말이죠.

그치만 어둡고 찬 심해에도 한 줄기 빛이 내리쬐는 것처럼, 내가 머문 곳 하나만큼은 따뜻함이 남아 있다는 사실을 알게 됩니다.

분한 감정이 내 명치를 강하게 때립니다.

그런 일말의 따뜻함조차, 일말의 빛줄기조차 단 한 번 안아 준 적 없다는 사실. 내가 알아주어야 하는 온기조차 차가운 세상 밖으로 매정하게 내던져 왔다는 사실. 그 온기, 알아주지 못하고 받아 주지도 못했던 못난 사람이었다는 것을.

겹겹이 껴입고 있던 누빔이 꽤 닳은 나이에야 깨닫습니다.

생각합니다. 우리가 어디서 무엇을 했든, 있던 자리만큼은 제법 따뜻했다는 거. 어떤 실수를 했건 어떤 넘어짐이 있었건 어떤 삿대질을 받았건. 아니, 그 어떤 것을 하지 않았더라도 우리가 머문 곳, 그곳만큼은 그럭저럭한 온기가 가득했다는 것.

잊지 말기로 합니다. 우리가 머문 곳이야말로, 세상에서 유일하게 온기 가득한 곳이었다는 것. 다정한 곳이었다는 것. 그리고 그것을 알아줄 수 있는 이는 거기에 머물던, 나 하나뿐이라는 것.

기억하기로 합니다. 내가 나의 온기를 알아주지 못하면, 나를 안아 줄 수도 없다는 것. 내가 나를 안아 주기 위해선 내가 나를 알아주어야 한다는 것.

이렇게 생각을 전환해 보니, 카페에서 딱히 한 게 없다고 자책한 나 자신이 부끄러워집니다. 내가 앉아 있던 자리는 꽤 따뜻했고, 그 온기는 새로 앉을 누군가에게 따뜻함으로 전해질 수도 있겠죠. 굳이 전해지지 않아도 괜찮습니다. 이 차가운 세상에 맨몸으로 내던져졌더래도 동상에 걸리지 않을 수 있는 이유가 여기 있었습니다. 나는 할 일 없이 시간을 때우며 세월아 네월아 앉아 있던 것이 아니었습니다. 시간을 내어 열심히 앉아 있었기에, 긍정적인 생각을 얻을 수 있었던 거겠죠. 또 여러모로 사색하며 마음의 헛헛함을 달래 보았고, 그 시간 덕에 나를 되돌아볼 수 있던 거겠죠.

가난했던 생각을 부유하게 고쳐먹습니다.

"딱히 한 것도 없는데 시간은 왜 이렇게 빨라…." 부정 어린 생각 앞에 "오늘 내가 오래 앉아 있었으니 깨달을 수 있던 거구나…." 긍정 어린 생각을 얹어 봅니다.

카페가 마감할 때까지 잘 버텨 주었습니다. 그러니 이젠 정말 일어날 때입니다. 어제보단 조금은 더 따뜻한 마음을 안고 귀가합니다.

그랬더니 기적이 일어난 걸까요. 어쩐 일인지 방안에 냉기가 돌지 않습니다. 아뿔싸! 방안을 밝혀 보니 실수로 난방을 끄지 않고 출근했다는 걸 알게 됩니다.

하지만 오늘, 어제보다 좀 더 따뜻해진 나는 생각을 고쳐먹습니다.

"아… 빌어먹을 또 늦잠이네…." 다 뜨지 못한 눈을 부라리곤 부랴부랴 준비하며 자책했던, '부정 어린 아침의 나' 앞에 '조금은 더 긍정 어린 나'를 얹어 봅니다. 밤새 세상에 벌벌 떨어 미열에 머물던 어젯밤의 나 덕분에, 따뜻한 온기가 머물러 있구나, 정도의. 자책했던 오늘의 아침보다 좀 더 일찍이었던, 어제의 새벽을 생각하며 내내 이 방안을 따뜻하게 덥혀 주었구나…. 나 자신에게 고맙다는 인사를 먼저 건네어 봅니다.

이게 꼭 사실은 아닐지라도, 그렇게 생각해 봅니다.

내가 머물던 방안이라서 유독 따뜻한 온기가 남아 있는 거라고.

그리고 그 온기가 오늘의 지친 나를 따뜻하게 만들어 주었노라고.

그러니 오늘의 내가 머물던 자리도, 내일의 따뜻함을 만들어 줄 거라고.

그렇게 굳게 믿고 오늘과 내일을 살아 보고자 얼었던 마음을 조금은 뜨뜻하게 교정해 봅니다.

그래도 우리가 머문 자리는 세상의 온도보다 조금은 더 높은 온도일 거라고요.

당신은 생각보다
많은 걸 가진 사람입니다

살아가다 보면 내가 가진 것이 별로 없는 사람이라고 느껴질 때가 많습니다. 그럴 때엔 그동안 살아온 삶에 회의감이 들기도 하며, 후회가 몰려오기도 합니다. 때론 가지지 못했다 생각되는 것에 집착하게 되고, 그 집착만큼 열등감이 생기기도 합니다.

사람은 본능적으로 부족한 것을 채우려고 합니다. 굉장히 당연한 일이며, 어느 때에는 살아가는 데에 있어 충분한 양분이 되기도 합니다. 하지만 그것이 삶의 목적이 된다면 우리의 삶은 점차 시들어 갈 것입니다. 남의 것을 빼앗으려 들기도 하며, 도덕적으로 옳지 못한 생각을 하기도 합니다. 또 그렇게 부당히 얻은 것들은 금방이고 나의 곁을 떠나기에 또다시 허무함을 느낄 것이고, 채우기 위해 발버둥 칠 것입니다.

이런 악순환을 끊는 방법은, 다 가지거나 나를 변화시키거나 둘 중 하나입니다.

생각해보면, 우리는 참 많은 것을 가지고 있는 사람들입니다. 동등하게 가지고 있는 것도 많으며, 약간은 부족하지만 내가 살아갈 수 있을 만큼은 꼭 가지고 있는 것들이 많습니다. 또 남이 가지지 못 한 것을 가진 사람도 있으며, 남이 필요한 것이 본인에게는 별 필요 없는 것인 사람도 있습니다. 상황을 면밀히 따져본다면 셀 수 없이 많은 것을 가졌다는 말입니다. 이 말이 의심된다면 지금 수첩을 들어 '내가 가진 것' 리스트를 적어 보시길 바랍니다. 그 수첩 전부를 채워도 내가 가지고 있는 것을 다 기록하지 못할 만큼 우리에게는 가진 것이 참 많습니다.

〈물 생명 공기 반팔티 바지 컵 친구 직장 가족 침대…〉

사람은 필요에 의해 어떤 것을 소유해야 합니다. 곁에 무언가 꼭 있어야 합니다. 나의 것을 사용하고, 가진 것들에 소속됨으로써 삶이 윤택해집니다. 하지만, 내가 가지고 있지만 지금은 필요하지 않은 어떤 것이라도 내가 가진 것에 속한다는 것입니다. 내가 가지고 있지만, 몰라주던 것들도 내가 가진 것에 속한다는 것입니다. 능력, 성격, 사람, 물건 모두가요.

나는 남보다 덜 가진 사람이 아니라, 남보다 덜 알아주는 사람일 수도 있습니다. 무언가 부족하게 가진 사람이 아니라 무언가 부족하게 알아주었던 사람일 수도 있습니다. 내가 가진 것을 몰라주고, 괜한 곳에서 쟁취하려 하는 사람일 수도 있습니다. 괜한 것을 부러워하는 사람일 수도 있습니다.

가진 것을 알아주는 것은 당신의 몫입니다. 그동안 모르고 있어 썩혔던 능력을 찾아내 발휘하는 것도 당신이며, 참고 있던 성격을 살리는 것도 당신입니다. 잊고 있었던 사람을 만나는 것도 당신이며, 사용하지 못한 것을 야무지게 사용하는 것도 당신입니다. 그런 것들을 몰라주고, 다른 것으로 채우려 한다면 그것이야말로 당신이 온전히 소유할 '에너지'를 잃어가는 길입니다. 낭비일 것입니다.

수첩에 적어보기만 해도, 내가 가진 것은 내 생각보다 훨씬 많습니다. 없는 것에 대해 얻으려는 것보다는 있는 것을 찾아 알아주고, 이롭게 활용할 수 있는 삶을 지향하기를 바랍니다.

당신 생각보다 당신은 참 많이 가진 사람입니다.

그것을 알아주는 것 또한 오로지 당신만이 할 수 있는 일입니다.

당신이 힘든 이유

세상은 상대적이다. 현대 사회에서 자유를 누리며 살아가는 모든 이들에게 그에 대한 책임인 결과와, 그 결과에 대한 상대적인 평가는 그림자처럼 따라붙는다. 그래서 우린 무엇과 끊임없이 비교당하는 삶을 살고 있다. 하지만 그렇다고 그것이 스트레스를 받거나, 박탈감을 느낀다거나 하는 모든 부정적인 감정의 근원은 아니다. 사실 대부분의 스트레스는, 세상은 '상대적'이지만 주변은 나에게 '절대적'을 요구하는 것에 이유가 있다.

말 그대로, 세상은 상대적이지만 나는 절댓값이라는 프레임에 갇혀 살아간다. 내가 상대적으로는 어느 정도 잘해온 사람이라도, 누군가 나에게 갖는 기대감은 상대적이지 못하고 절댓값에 갇혀 지속적으로 오를 것이다.

내가 상대적으로 성적이 좋은 학생이어도 부모님은 더 좋은 성적을 원하고 있고, 성적이 조금만 떨어져도 학업적 압박을 가할 것이다. 상대적으로 보면 어느 정도 잘한 평균 이상의 성적이라도, 부모님의 기대치라는 절댓값엔 부응하지 못했기 때문이다.

내가 상대적으로 업무 실적이 좋더라도, 부장은 더 좋은 실적을 원하고 있다. 그러니 어느 순간 조금이라도 풀어진 모습을 보인다면 질타를 받기 십상인 것이다. 상대적으로 보면 다른 팀원보다 잘했지만, 부장에게는 나에 대한 절댓값이라는 기대치가 있기 때문이다.

이런 이중적인 모습은 그 어느 면에도 쉽게 적용된다. 학업과 회사 생활은 물론이며 사랑 같은 감정적인 면에서도, 우정 같은 관계적인 면에서도 쉽게 적용되어 왔다. 그러니 모든 일에 스트레스를 받을 수밖에 없는 것이다. 나는 잘하면 잘할수록 쉽게 실망을 안겨주는 사람이 되고, 쉽게 질타 받는 사람이 된다. 착하게 살면 살수록 쉽게 나쁜 사람으로 몰리게 되고, 더 주면 줄수록 쉽게 야박한 사람이 된다. 잘해온 만큼, 사람들의 기대치는 절대적으로 높아지기 때문이다. 당신이 어디에서 무엇을 하든, 누구를 만나든 힘들고 스트레스 받는 이유는 이것에 있다. 당신이 정말 혼날 짓을, 질타 받을 짓을, 못난 짓을 해서가 아닌 상대성과 기대치에 대한 이중적 모순 때문인 경우가 많다는 것이다.

누군가에게 이런 설명을 하며 호소한다 해봤자, 씨알도 먹히지 않을 것이다. 이런 나의 힘듦을 설명해봤자 상대에겐 핑계로밖에 들리지 않을 것이다. 다들 그렇게 살고 있기 때문에. 어쩌면 당신도 그렇게 행해왔기 때문에. 관습처럼 당연히 그래 왔기 때문에.

이런 상황이 어쩔 수 없는 굴레 같은 것이라면, 스스로의 마음을 단단히 다져 상황을 이겨내어야 한다. 상대적 평가와 절대적 평가를 잘 이용하자. 상대적으로 잘하지 못했다면, 다른 이들과의 비교가 아닌 나만의 절댓값을 만들고 그것으로 다시 용기를 얻자. 상대적으론 잘했지만, 절댓값이 나를 평가하려 한다면 상대적인 수치를 확인하며 스스로를 응원하고 칭찬해주자.

되지도 않는 부정적인 평가로 인해 자존감이 낮아지는 일은 없었으면 한다. 그렇게 아무도 알아주지 않는 나만의 고충을 스스로가 알아주길 바란다. 그것이야말로 나를 사랑하는 일이다.

부당한 기대와 이중적인 평가로 인해 자존감과 자신감을 잃지 않기를 바란다. 당신은, 당신 생각보다 잘하고 있고 그것은 스스로가 가장 잘 알고 있는 사실 아닌가.

부당한 기대와 이중적인 평가로 인해
자존감과 자신감을 잃지 않기를 바란다.
당신은, 당신 생각보다 잘하고 있고
그걸 스스로가
　　　가장 잘 알고 있는 사실 아닌가.

위기를 기회로 만들 때

의도치 않은 부정적인 일들이 나를 수렁으로 이끌려고 할 때가 있다. 예상치 못한 강한 슬픔이 나를 무너짐으로 떠밀려 안간힘 쓸 때가 있다. 삶의 파도는 생각보다 높고 그 깊이는 내가 가진 인내의 총량을 넘어 짠내 나는 눈물을 목 끝까지 삼켜 가며 허우적거릴 때가 있다.

그럴 때에 나는, 누군가 들려준 적도 없는 망망대해의 선장 이야기를 꺼낸다. 마음을 찢어 갈길 듯 거센 바람이 불 때에는, 그리고 그 바람이 내 삶에 파도로 다가올 때에는 먼바다를 향해 닻을 올리고 돛을 펼쳐야 할 때라고.

"닻을 올려라! 돛을 펼쳐라! 출항이다!"

그 어느 역경과 슬픔에도 그대로 머물러 있지 않기를. 부정이라는 풍파에 겁먹어 가만히 부서지지만은 않기를. 살기 위해 헤엄쳐 도착한 그곳이 보잘것없는 돛단배라도, 강건히 맞이하며 나아가기를.

갈 길 잃은 마음에도 해야 할 것을 아는 베테랑 선장처럼 위기를 기회로 만들어 보자 마음먹는다.

어딜지 몰라도, 일단 출항하자. 배의 닻을 올리는 건 퇴보하기 위함이 아니라, 진보하기 위함이라는 믿음으로. 배에 돛이 있는 건 찢기기 위함이 아니라, 견뎌 내기 위함이라는 믿음으로. 그리고 그 견뎌냄은 지금의 세상보다 더 맑은 어딘가로 날 이끌어 줄 것이라는 믿음까지도. 이 모든 믿음이 어지러웠던 오늘을 지나 내일의 나침반이 되기를 바라며.

"웅크린 허리를 펴고, 고개를 들어라! 두 팔을 벌리고 마음을 열어라! 출항이다!"

아파하지 않기 위한 다짐

1. 관계를 이어가는 것보단 잘라내는 것에 신경 쓸 것.

2. 쉽게 기대지 말고, 쉽게 기댈 수 있도록 내어주지도 말 것. 쉽게 안기지 말고, 쉽게 품어주지도 말 것.

3. 가벼운 마음엔 가볍게 대처해줄 것. 가벼운 마음에 나만 아파하고 속앓이 하지 말 것.

4. 받은 상처나 끝난 관계에 대하여 나의 탓을 하지 말 것. 거기까지였을 것을 노력해서, 여기까지 끌고 오지 말 것.

5. 나를 바꾸려는 상대에게 맞춰, 나를 바꿔주지 말 것. 있는 그대로의 내 모습을 사랑해주는 사람들을 기억할 것.

6. 부질없는 것에 더이상 의미를 부여하지 말 것. 의미를 두고 괜히 실망하는 일은 없도록 할 것.

7. 관계에 종착점은 내가 예상할 수 없다는 걸 기억할 것.

8. 그러니까, 너무 힘주어 붙잡지 말고 너무 가볍게 흘려보내지도 말 것.

9. 나를 잃어가며 상대를 얻으려 하지 말 것. 내가 없어진 관계에 대하여 우리라는 포장지를 씌우지 말 것.

도서관이라는
세상에서의 1년

비교적 늦은 나이에 공부를 시작하면서(전역 후 스물넷에 수험 공부를 시작했다.) 도서관이라는 곳에 처음 걸어 들어갔을 때 든 생각은 "사람들 참 열심히 사는구나."였다. 내가 어딘가에서 베짱이처럼 놀고 있을 때에도 어떤 사람들은 아침 일찍 도서관에 발 도장을 찍고 있단 사실을 두 눈으로 처음 목격한 순간이었다.

처음에야 굉장히 낯선 분위기였지만, 나는 점차 그곳의 사람들과 동화되어 가고 있었다. 늘 같은 시간에 나와서, 같은 자리에 앉아 같은 시간에 밥을 먹고 같은 시간에 자리를 떠났다.

그렇게 1년 남짓한 시간을 책과 씨름하면서, 그곳에는 새로 얼굴을 보인 사람도 많았고 그만큼 갑자기 얼굴을 비치지 않는 사람도 있었다. 그런 흐름은 나 또한 마찬가지였다.

2013년 늦가을, 나는 그곳의 일원이 되었고 2014년 수능이 끝난 11월 이후로 그 도서관과는 영영 이별을 고했다.

그리고 나는 꿈에 그리던 대학에 진학했다. 물론, 지금은 전공과는 전혀 상관없는 직업을 생업으로 삼고 있지만 그때의 1년, 하루에 고작 5시간 남짓한 잠을 자며 쏟아낸 노력은 지금의 삶, 그러니까 물질적 풍요로움 같은 것들을 떼어내고도, 나의 삶 자체에 많은 깨달음과 경험을 안겨주었다.

1. 사람은 변화를 강요한다고 해서 변하지 않는다. 단지 스스로 변화할 계기에 따를 뿐이다.

아버지는 내가 군에 있을 때도, 휴가를 나온 나에게 공부하라 할 정도로 미래지향적 준비를 강요하셨지만 그것은 와닿지 않는 미래일 뿐이었다. 내가 수험을 결심하게 된 것은 온전히 스스로가 변화의 필요를 느꼈기 때문이었다. 어떤 계기로 인해, 스스로 결단한 것이었다.

변화의 시기는 자신의 결정만으로 작용한다. 사람은 강요한다고 해서 쉽게 변하지 않는다. 그러기에 변화를 강요하는 것은 옳은 방법이 아니다. 계기는 타인으로부터 얻을 수 있을지언정, 변화의 선택은 본인이 하는 것이다. 누군가를 변하게 하고 싶다면 지시하고 강요하는 것보다, 계기를 심어주는 편이 옳다. 이유를 심어주는 것이 옳다. 물론 이도 마음먹은 대로 되지 않을 것이다. 사람이 변하는 건 한순간이지만, 변화를 결심하는 데에는 많은 시간이 필요하기 때문이다.

2. 다 저마다의 때가 있다. 느리거나 빠르거나 하는 것은 그다지 중요한 것이 아니다.

내가 학창시절에 성적이 우수한 학생이었고, 공부를 열심히 해본 사람이라면 군 전역 후 공부를 시작하리란 생각은 하지 못했을 것이다. 용기가 나지 않았을 것이다. 공부에 대해 무지했기 때문에, 새로운 시도를 다짐할 수 있었다 말할 수 있다. 그리고 그 새로운 시도로 인해 만족하는 대학에 갔고, 나보다 학업이 우수했던 친구들보다도 좋은 대학교에 진학했다.(물론 대학이 전부가 아니고, 남들보다 좋은 곳에 갔다는 것이 요점은 아니다.) 나는 이때, 열심히 하는 것에도 때가 있다는 걸 알았다. 느린 것도 빠른 것도 전부 소용없는 비교구나. 저마다의 때를 만나고 그 때에 맞게 열중 하게 되는구나. 그리고 그 때에 맞게 이루는구나.

내가 공부를 하지 않았던 때도, 결국 새로운 시도를 위해 존재하는 것이었다. 나는, 나의 무지로 인해 새로운 시도를 할 수 있었다. 얼핏 본다면 운명론 같은 형편없는 말일 순 있으나 결코 운명을 이야기하고자 함은 아니다. 못한 것도, 안한 것도, 느린 것도, 빠른 것도 다 제때를 만나기 위한 과정일 뿐이라는 것이다. 그러니 너무 자책할 필요 없고 내세울 필요 하나 없다.

3. 흐름에 맞게 애쓰는 것이 사람이다. 아직 애쓰지 못했다면 애쓸 날이 올 것이고, 그동안 애썼다면 쉬는 날도 꼭 올 것이다.

도서관에 새로 들어온 사람, 사라지는 사람, 또 사라졌다가 어느새 다시 오는 사람. 참 많은 길에 서 있는 사람들을 보았다. 그 도서관이라는 작은 공간에서의 삶이지만, 그땐 그곳이 나의 전부였으니 꼭 세상이 돌아가는 것 같은 느낌을 받았다.

내가 새롭게 들어왔다 생각한 저 사람도 나보다 훨씬 이전에 이 도서관에 다녔지만, 잠시 쉬고 온 사람일 수 있었다. 갑자기 얼굴을 보이지 않는 사람도, 거기서 끝이 아니었다. 뜻을 이뤄 이 도서관이 아닌 다른 곳에서 나아가는 중일 수도 있고, 여기보다 좋은 환경에서 노력하려고 떠나는 것일 수도 있었다. 그렇지만 또, 긴 휴식을 택하는 사람도 있었을 것이다.

사람은 늘 애쓰며 살 수 없고, 또 한결같이 쉬엄쉬엄 살 수도 없다. 그 작은 도서관에서도 그 순리에 맞춰 흘러가는데, 이 큰 세상이라고 그 순리대로 흘러가지 않을까. 언젠가 애쓰는 날은 꼭 올 것이고, 지금 애쓰고 있다면 쉬는 날도 꼭 올 것이다. 멈춰 있는 것 같아도 쉬고 있는 것일 뿐이며, 힘겹게 나아가고 있다 해도 언젠가 쉬기 위해 나아가는 중일 뿐이다. 그러니 걱정하지 않아도 된다. 누구에게나 자연스럽게 애쓰거나, 쉴 때가 오는 것이다.

4. 헛된 노력은 어디에도 없다.

지금도 노력하는 삶을 살고 있고, 입시준비(24~25살) 이후로도 더 열중한 때도 많다. 그때마다 결과가 모든 것을 말해주진 않았지만, 배운 것이 참 많았다 단언할 수 있다. 아니 결과보다도 느끼고 배운 것이 컸던 적이 많았다.

모든 배움과 경험은 그 맛이 바로 느껴지지 않더라도, 시간이라는 발효를 통해 더 깊은 맛을 볼 수 있다. 그래서 헛된 노력은 없다. 모든 순간이 좋은 배움을 위한 양분이며, 큰 이룸을 위한 작은 조각일 것이다. 당신이 정말 노력했다면 다른 시간을 통해서라도 무언가 얻을 것이며, 그 무언가는 언제 발휘될지 모르는 것이다.

당장의 결과에만 집착해서 나의 노력을 헛된 것으로 치부하지 말 것. 그것으로 인해 무너지지 말 것.

《 짧은 1년간의 노력으로 배운 것 》

1. 사람은 변화를 강요한다고 해서 변하지 않는다. 단지 스스로 변화할 계기에 따를 뿐이다.

2. 다 저마다의 때가 있다. 느리거나 빠르거나 하는 것은 그다지 중요한 것이 아니다.

3. 흐름에 맞게 애쓰는 것이 사람이다. 아직 애쓰지 못했다면 애쓸 날이 올 것이고, 그동안 애썼다면 쉬는 날도 꼭 올 것이다.

4. 헛된 노력은 어디에도 없다.

  이것들로 젊은 나의 1년은 다 했다 자부할 수 있을 만큼 값어치 있는 배움이었다. 앞으로의 노력 앞에서도 늘 이런 기대를 할 것이다. 나는 무엇을 얻을 것인가, 또 무엇을 배울 것인가. 꼭 결과가 아니더라도, 무언가로 인해 성장할 사람이라는 기대를 할 것이다.

현실과 게임의 공통점

강연에 가면 주로 받는 질문 중 가장 많은 비율을 차지하는 종류의 질문이 있다.

"…를 이겨내고 싶어요.", "…를 해결하고 싶어요.", "…를 잘하고 싶어요."

사실 답은 정해져 있다.

"…를 열심히 하면 됩니다.", "…할 능력을 키우면 됩니다."

하지만 그들도 그것이 현실상 불가능함을 알기에 다른 해답을 원한다는 것쯤, 알고 있다. 나 또한 그래왔던 사람이기에.

"저는 공부를 열심히 한 사람이 아닙니다. 평소에 게임을 좋아해서 학창 시절 대부분을 게임 속에서 보냈거든요. 그런데 게임을 하다 보면, 어떻게 해서든 이겨 내야 하는 것들의 연속입니다. 그렇다면 그 이겨 냄의 비법은 무엇일까요? 모두가 첫 번째로 예상하는 것은 가상 속의 캐릭터를 강하게 만드는 거겠죠. 인생과 같이 게임 속 캐릭터도 스펙을 키워야 한다는 말입니다. 그런데 게임 속도 세상만큼 호락호락하지만은 않습니다. 게임의 개발자들은 이 챕터에서 내가 성장할 수 있는 캐릭터의 스펙 한계치를 어느 정도 설정해 놓습니다. 재미와 도전을 위해서. 수순대로 내 캐릭터는 어떠한 큰 벽에 부딪혀 패배감을 맛보게 됩니다.

하지만 그것으로 끝일까요? 아닙니다. 패배감으로만 게임이 반복된다면 그 게임은 100% 망하겠죠. 아이러니하게도 해당 챕터의 보스를 물리치기 위한 핵심은 캐릭터의 스펙이 아닙니다. 해법은 내 캐릭터가 가진 약점과 넘어서야 할 보스의 약점을 파악하는 것부터 시작하죠. 예를 들면, 내가 착용한 무기의 린치가 짧은 건 아닌지, 보스가 마법을 쓰고 난 후에 딜레이는 얼마큼 있는지. 우리는 문제를 해결하고 승리를 거두기 위한 방법이 '내 강점을 더 강화하는 것' 하나라고 생각하는데, 장점을 강화하는 것만으론 내 한계치를 높이지 못할 때가 많습니다. 반대로 약점을 찾는 것이 해법일 때가 많죠. 나와 상대의 약점을 파악하고 나서야 그 챕터를 넘어설 수 있고, 그 순간에야 비로소 내 캐릭터의 스펙을 업그레이드할 수 있습니다. 참 아이러니한 구조죠?"

"그럼 작가님의 말은 내가 이겨 내야 할 대상과 나의 단점을 파악해야 한다는 건가요?"

"아뇨, 좀 다릅니다. 중요도가 다르죠. 말은 쉽습니다. 지피지기면 백전불패라는 말이 있잖아요. 근데 이미 우리는 상대의 약점을 어느 정도 알고 있습니다. 내가 강해져야만 이겨 낼 수 있다고 단정 짓곤 몇 번이고 도전해 왔으니까요. 다만 내 약점을 알 준비가 대부분 미흡합니다. 내 약점은 죽어도 인정하기 싫은 거겠죠. 아마 이 이야기를 듣지 않는다면 대부분 상대의 약점만 찾기 바쁠 겁니다."

"그럼… 내 단점은 어떻게 찾아야 할까요?"

"저와 긴 이야기를 하며 얼핏얼핏 생각난 것들이 독자님과 저의 단점입니다. 그것을 기필코 숨기며 '나름 인정할 수 있는 단점만을 찾는 나 자신' 또한 내가 찾아내야 할 첫 번째 단점이고요."

이야기를 하며 나 또한 인정하기 싫은 나의 숱한 단점을 생각했다. 나태함. 근자감. 사람에 대한 쉬운 믿음. 중독에 쉽게 빠짐. 지식이 다소 부족함 등등.

어떤 일을 헤쳐 나가야 할 때, 그리고 그 안에서 어떠한 장애물이 나를 자꾸 가로막을 때 가장 알아야 할 것은 나의 단점이라고. 그리고 그 단점을 죽어도 숨기고 싶어 하는 나 자신을 가장 먼저 이겨 내야 한다고.

게임과 세상은 세계관의 차이일 뿐, 속사정은 별다를 거 없다고 생각한다. 나를 강하게 키워야 한다는 거. 그리고 약점을 찾아내야 한다는 거. 이겨 내야 성장할 수 있다는 거. 이겨 내도 또 다른 시련이 계속된다는 거. 그리고 막연히 좌절하지 않을 법한 시련을 내 앞에 놓아준다는 거.

"아 제가 이야기하지 않은 부분이 있는데, 내 단점을 인정하기 어려운 이유에 대해 생각해 보셨나요? 저는 '그것을 바꿔야 할 것만 같아서'라고 생각합니다. 내가 생활해 온 태도와 감정 그리고 생각을 바꿔야만 하는 건 큰 이벤트니까요. 그런데 저는 가진 단점을 무조건 바꾸라는 것이 아닙니다. 게임에서도 똑같더라고요. 내 캐릭터가 가진 단점을 잘 이해하기만 해도, 그것을 장점으로 이끌어 갈 수 있더라고요. '내무기는 짧고 가벼우니까 안으로 파고들어서 재빠르게 때리고 보스가 마법을 쓰기 전에 뒤로 빠져야겠다.' 정도로. 마음 깊이 인정함만으로도 우리는 이겨 낼 방법을 찾을 수 있습니다. 그 어떤 시련 앞에 서 있는 독자님의 해냄을 응원하겠습니다."

후회할 일보다 떳떳한 일이
많아지는 사람이 되고 싶습니다

어릴 때에는 참 별게 다 창피했고 그랬습니다. 이곳저곳
상처투성이인 봉고차로 학교를 데려다주겠다던 우리 아빠.
시뻘개진 얼굴로 혼자 가겠다 말하는 나. 또 그것을 보고서도
미소 지으며 조심해서 다녀오라던 우리 아빠가 있었습니다.
그런 것들을 생각하며 나는 별게 다 창피했구나, 이제야 후회
스럽고 그랬던 나의 모습을 숨기고 싶고 그렇습니다.

어릴 때에는 참 별게 다 유난스러웠습니다. 집에 두고 온
준비물을 학교에 가져와 교실 창문으로 건네주었던 우리 엄
마. 됐으니까 집이나 가라고, 언제 가져와 달랬냐고, 그렇게
궁시렁궁시렁 거렸던 나. 그리고 그날 저녁, 따듯한 밥을 챙
겨주시던 엄마가 있었습니다. 생각해보면, 난 정말 유난스러
웠고 별로였던 사람이구나 생각하며 이제야 그때를 후회하곤
합니다.

그렇게 예전 일은 아니지만 별게 다 예민했었습니다. 군
생활 상병쯤에는 모자를 구부려 쓰는 그 일병이 왜 그렇게 꼴
불견이었는지. 대학교에 다닐 때에는 나에게 먼저 인사를 하
지 않는 후배가 왜 그렇게 미웠지. 그것으로 왜 싫은 말을 했
었는지. 지금에서야 나는 참 별게 다 예민하고 속 좁은 사람
이었구나 하는 생각이 듭니다.

지나와 보니 별게 다 창피했고 별게 다 유난스러웠고 별게
다 예민했고 그랬습니다. 별게 다 숨기고 싶고 별게 다 밉고
별게 다 꼴불견이어서 참을 수 없었습니다. 지금 보면 참 별
거 아닌데 말이죠. 그때마다 나는 후회할 행동을 했고, 후회
할 언행을 뱉어왔습니다. 아무것도 아닌 일로 후회할 일들을
만들어 온 미련한 사람이었습니다.

그래서 요즘은 창피한 것 같다가도 유난 떨고 싶은 것 같
다가도 밉다가도 꼴불견이다가도, 후회할 일을 만들지 않으
려고 애쓰곤 합니다. 그렇다고 무작정 참는 것은 아닙니다.
말을 뱉기 전에 늘 염두에 둡니다. 시간이 지나서 "별게 다
그랬었구나." 생각될 것 같은 일인지 아닌지 말이죠. 어쩌면
말하고도 후회할 만한 가치가 있는 일인지 아닌지 말이죠.

생각해보면 그랬습니다. 무조건 참는 것도 병이지만, 항상
별게 다 그런 것도 병인 것 같습니다. 지나 보니 참 별게 다

그렇고 그랬습니다. 별거 아닌 일로 유치한 사람이 되어 살아오곤 했습니다.

이젠 덜 후회하고 덜 창피하게 살자는 다짐을 합니다. 침대에 누워 뜬금없이 이불을 걷어찰 일들을 만들고 싶지 않단 마음이 듭니다. 시간이 지나면서 후회할 일보다 떳떳한 일이 많아지는 사람이 되고 싶단 생각이 듭니다.

보여지는 삶을 쫓는 순간
의미를 잃어버린다

글 쓰는 삶을 살다 보면 몇 번씩 과도기에 빠지게 된다. 스스로가 잘 쓰는 것만 같아서, 그것을 티내고 싶은 것이다. 더 진중한 표현을 쓰고 싶고, 많은 의미를 내포하고 싶어 힘을 잔뜩 주는 시기이다. 그렇게 쓰인 글을 보며 그 당시, 작가 스스로 대단한 만족을 한다. 하지만 시간이 지나면 숨기고 싶은 과거가 되곤 한다. 결국, 대중들에게는 외면당하는 경우가 많기 때문이다. 읽히지 않는 글은 그 구실을 하지 못한다. 글은 보여지고 싶은 순간 의미를 잃어버린다. 전하고자 하는 바가 어렵게 전달되고, 전문이 감동으로 가득 차, 꼭 감동을 전해야 할 부분엔 감동이 없다. 이해가 어렵고 감동이 없는 글은 결국 잊힐 것이고 사랑받을 수 없다.

어쩐지, 삶을 표현할 때에 '적어나간다'라는 표현을 하는 걸 보면 글쓰기와 삶은 닮은 구석이 많이 있다. 보여지고 싶은 순간 의미를 잃어버리게 되는 것. 이것이 대표적인 부분일 것이다.

열심히 사는 것처럼 보이고 싶어서, 행복한 하루를 보낸 것처럼 보이고 싶어서. 부유한 삶을 누리는 사람으로 보이고 싶어서, 그래서 우리는 보이는 것에 집착한다. 스스로의 가치를 보이는 것에만 집중하고, 힘을 잔뜩 주어 뽐내곤 한다.

그 끝은 어떨까. 힘이 잔뜩 들어간 글처럼, 이해가 어렵고 감동이 없는 사람으로 남게 된다. 결국, 그 누구도 나를 '좋은 사람이구나.', '잘 사는 사람이구나.' 이렇게 여기지 않을 것이다. 오래 두고 볼 일도 아니다. 과도기를 겪는 사람과는 대면하고 몇 번의 대화를 하면 알 수 있다. 나 잘난 것 좀 봐 달라 애타게 꿈틀거리기 때문이다.

삶은 보여지는 것을 쫓는 순간 의미를 잃는다. 곧, 본질이 흐려진다. 삶의 의미가 남에게 보여지는 것이며 그것이 삶의 본질적인 이유와 역할일까? 아니다. 삶의 의미는 '남에게 보이는 것'이 아닌 '내가 살아가는 것' 그 자체에서 나오며 그것이 삶을 사는 본질적인 이유이자 역할이다.

보이는 삶이 아니라, 살아가는 삶이 되기를 바란다. 자신이 느끼기에 행복하게 그리고 열정적이게 부유하게. 그렇게 내가 살아가는 것에 대한 만족에 집중하면, 굳이 내가 티내지 않아도 새어 나오게 되어 있다. 타인에게도 나의 삶이 이해가 되며, 그 이해는 감동적인 이해가 될 것이다.

글도, 삶도 보여주고 싶어 힘을 쏟는 순간 의미를 잃어버린다. 좋게 보인다고 해서 내 삶이 좋아지는 것이 아니다. 그리고 득이 되는 것도 없다. 하지만 내가 잘 살고 있다면, 그것은 내 삶이 좋아지는 것이다. 온전히 나에게 득이 되는 일이다. 내가 나의 삶에 집중하며 본질을 위해 살아간다면, 그만큼 타인도 자연스럽게 알아줄 일인 것이다.

삶은 보여지는 것을 쫓는 순간 의미를 잃는다
곧, 본질이 흐려진다.
삶의 의미가 남에게 보여지는 것이며
그것이 삶의 본질적인 의미와 역할일까?

아니다. 삶의 의미는 '남에게 보여지는 것'이 아닌
'내가 살아가는 것' 그 자체에서 나오며
그것이 삶을 사는 본질적인 의미이자 역할이다.

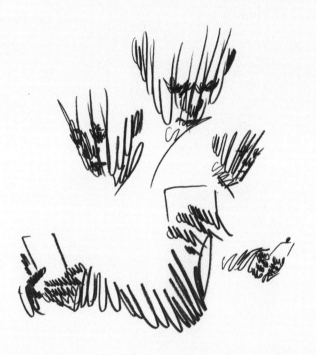

사람은 마음먹은 대로
그런 사람이 된다

"십 층입니다."

오랜만에 만난 친구는 안색이 영 어두워 보였다. 그는 본인이 원하는 대학 진학을 꿈꾸는 삼수생이었다. 친구들은 다들 대학에 가서 자신의 삶을 살고 있는데, 남들 다 가는 대학에도 못 가고 못난 하루를 살아간다고. 오랜만에 만난 친구는 그런 한탄을 연거푸 뱉고 있었다.

"내가 요즘 어떤 기분이 드냐면, 식량만 좀먹는 식충이가 된 기분이야. 우리 집이 십 층이거든? 밤에 독서실에서 나와 억지로 집에 들어갈 때마다 엘리베이터에서 "십 층입니다." 소리를 듣는데 그게 자꾸 "식충입니다." 이렇게 들리는 거 있지. 꼭 나보고 식충이라고 놀리는 거 같더라고."

"부모님이 뭐라 하셔?"

"아니. 그런 건 아닌데, 속으로 그렇게 생각할 것 같아. 나였어도 그렇게 생각할 텐데. 돈을 버는 것도 아니고⋯."

"음⋯. 괜한 말이 아니라, 나는 몇 년 동안이나 포기하지 않고 목표를 이루려는 네가 참 멋있다 느꼈거든. 부모님도 그렇게 생각하지 않을까? 모두가 그냥 성적에 맞는 곳을 가지만, 넌 그게 아니잖아. 너의 목표를 이루려고 계속 발돋움을 하는 거잖아."

"⋯그럼 뭐해, 결국 남보다 늦는 거잖아. 이번 연도에도 안 되면 그냥 공장이나 들어가려고⋯."

그는 공부를 한다며 친구들과의 연락을 끊고 살았고, 나는 그의 소식을 간간이 접하며 지금까지 노력하는 모습이 참 대단하다 느끼고 있었다. 하지만 정작 그는 아니었다. 연이은 실패를 하고 있다는 생각에 자존감이 땅끝까지 떨어져 자신의 처지만을 한탄하고 있는 사람이었다.

사람은 마음먹은 대로 '그런 사람'이 된다. 마음먹은 대로 듣고, 마음먹은 대로 받아들이곤 한다. 스스로가 별로인 사람이라 생각이 든다면, 그건 정말 자신이 별로여서가 아니라 스스로가 별로라고 생각했기 때문에 별로인 사람이 되는 것이다. 내가 나를 별로라고 생각했기 때문에, 자신의 못난 모습에 집착하게 되고, 또 그런 것들만 들리고 보이는 것이다.

그동안 참 대단하다 생각을 해왔던 그 친구가 실망스럽고 못나 보였다. 스스로가 못난 사람이라 생각하고 있었기에, 정말 못난 사람이 되어 있었다. 남과 비교하며 자신을 낮추고, 목표를 이루려는 노력을 자랑스럽게 생각하는 구석이 전혀 없었다. 그런 그의 부정적인 생각은 죄 없는 주변인들까지 나쁜 사람들로 몰아가고 있었다.

"그래 네 귀에 그렇게 들린다 치자. 네가 집에 나와 독서실로 향할 땐 어떤 소리가 나는데?"

"그게 무슨 말이야?"

"그니까 너 독서실에 갈 때 너희 집 엘리베이터에서도 십 층이라고 해?"

"아니… 일 층입니다 하겠지."

"그래. 내가 생각했던 넌 자신감 넘치고, 뚝심 있는 애였는데 못 본 사이 많이 변했네. 내가 알고 있는 너라면 집을 내려오며 들리는 '일 층입니다.' 소릴 '일등입니다.'로 들었을 텐데 말야. 오랜만에 만난 친구 앞에서 약해지는 소리 말고 정신 차려. 일등이란 생각으로 맘 다잡아. 넌 일등이야. 너만 그걸 몰라주지만 네 가족도, 너랑 내가 아는 주변인들도 다 그렇게 생각하고 있어. 식충이가 아닌 일등이라고 믿고 있다고 다들."

친구는 다음 해, 자신이 원하는 대학에 붙어 스스로의 삶을 일등으로 살아가고 있다. 어쩌면 그는 현대 사회를 헤쳐나가는 사람들의 표본이었다. 살아가면 살아갈수록 자책하는 순간이 늘어난다. 남들은 나를 다르다고 보고 있는데, 정작 자신은 내가 틀렸다고 기죽는 시간이 많아진다. 그렇게 점점 못난 사람이 되어가는 것이다.

우리가 사는 그 짧은 시간 동안 보고, 듣고, 느낀다면 또 그것들로 인해 스스로를 어떠한 사람이라 생각하고, 그 생각만큼 그런 사람이 되는 거라면. 그렇다면, 우리 조금 더 나를 괜찮은 사람으로 보고, 듣고, 느껴주어야 하지 않을까?

사람은 마음먹은 대로 그런 사람이 된다. 나를 멋진 사람으로 생각하면, 그만큼 멋진 사람이 되고 나를 못난 사람으로 생각하면 그만큼 못난 사람이 된다. 어떤 일로 스스로를 별로인 사람이라 생각한다면, 어떤 일과는 상관없이 당신은 별로인 사람이 되어 있을 것이다. 아무 하자 없는 나를 못난 사람으로 만든, 정말 별로인 사람이 되어 있을 것이다.

결코 별로이지 않은 당신이기에, 그것은 너무 아까운 일 아닌가.

결코 못나지 않은 당신을 스스로 못난 사람으로 몰아가는 거, 그거 너무 억울한 일 아닌가.

사람은 마음먹은 대로
그런 사람이 된다.

나를 멋진 사람으로 생각하면,
그만큼 멋진 사람이 되고
나를 못난 사람으로 생각하면
그만큼 못난 사람이 된다.

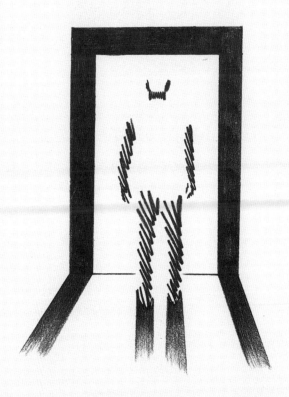

생각이 많은 것과
깊은 것은 엄연히 다르다

어디를 가나 똑같이 노는데 성적이 잘 나오는 애들이 있었다. 늘 함께 카페에 가거나 영화를 보고 있어도, 유독 나보다 높은 학점을 받는 친구들이.

"너는 맨날 노는 것 같은데 왜 이렇게 높은 학점을 받아?"

이렇게 물어본다면 사실 답은 정해져 있다. 걔가 나보다 더 많은 공부를 했다. 출제자인 교수의 말에 귀를 기울였고 체크를 했으며, 시험 전에도 시간을 투자해 기출 문제를 익혔을 것이다. 근데, 그렇다고 해서 걔가 나보다 더 많은 시간을 공부에 투자했다는 것은 아니다. 많이 공부를 했지만, 많은 시간을 공부한 것은 아닐 수 있다. 나와 같은 시간에 강의실에 앉아 수업을 듣고, 평소엔 놀다가 시험 기간에 바짝 공부한 그 시간 투자는 거의 비슷하거나 걔가 조금 더 많거나 할수 있다. 요점은 '깊이'이다. '많은 시간'에 앞서 '깊게' 한 것이다. 많이 공부했다는 것은, 깊이 공부했다는 것이다.

우리가 대학생의 신분이라고 가정해보자. 당신은 공부라는 행위를 해야 한다. 하지만 강의실에 앉아 오늘 먹을 점심과 디저트를 생각한다면 '공부'라는 행위를 하고는 있지만, 매우 얕게 하고 있는 것이다. 많은 시간 강의실에 앉아도 성적은 오를 일이 없다. 당신과 다른 친구 간에 공부의 깊이는 엄연히 다를 것이다. 그런 하루하루가 겹겹이 쌓여 학점이라는 결과에 차이를 일으키는 것이다.

생각에도 이런 깊이의 차이가 있지 않을까 한다. 그리고 그런 깊이 차이는 '쓸모없는 걱정', '행동이 수반되지 않는 고민' 등의 결과로 나오게 된다.

당신이 평소에 생각은 참 많이 하는데 좋지 않은 결과만을 일으키거나, 생각은 참 많이 하는데 부정적인 생각만 늘어나는 것 같다면, 또 그것으로 인해 불면을 겪고 있다면 생각에 대한 태도를 되돌아보아야 한다.

"혹시, 생각이 많기만 한 거 아닌가?"

"생각의 요점보다는 잡음이 많은 것 아닌가?"

그러니까, 아무 목적도 없이 강의실에 앉아 있는 것일 수도 있다. 그것은 공부가 아니다. 시간 낭비일 뿐이지. 깊이 없는 생각들은, 나의 시간과 감정을 쏟고 있는데도 삶의 성적을 엉망으로 나오게 몰고 간다.

삶이란 꼭 그런 것 아닐까? 생각이 많으면 되는 일이 없
다. 삶이 탁해진다. 그냥 감으로 '생각을 적게 하면 가벼워지
고 행복해진다.'라는 말이 아니다. 깊이 없는 생각이 많으면,
쓸모없는 걱정과 고민이 늘어난다. 그것은 꼬리를 물고 또 다
른 걱정과 고민을 낳는다. 어떠한 생각이 나의 삶에 많은 관
여를 할수록, 여유가 줄어드는 것은 당연하다. 곧, 나의 삶에
긍정적인 영향을 미치는 것에 에너지를 쏟을 기회가 그만큼
줄어드는 것이다.

생각이나 고찰은 이로운 일이다. 하지만 무조건 양만 많은
것은 해로운 것이 된다. 안 하는 것만 못하게 된다. 양은 적
지만 농도가 짙어서, 한 방울 떨어뜨리면 가득 퍼질 수 있는
생각이기를 바란다. 같은 시간과 감정을 투자해도 결과적으
로 긍정적인 효과를 일으키는 깊은 생각을 하길 바란다.

깊은 생각의 기준을 모르겠다면, 일단 줄이자. 줄이려고
노력해보자. 어쩌면 우리에게 필요한 것은 어떻게 생각할까
에 대한 연습보단, 어떻게 줄일까에 대한 연습일 수도 있다.
당신의 감정과 머리에는 한계가 있고, 많기만 한 생각 안에선
깊은 생각이 나올 수 없다.

누군가 당신과 대화를 할 때 "많은 사람이구나." 보다 "깊은 사람이구나." 느껴지는 사람이 되었으면 좋겠다. 많은 생각으로 원하는 것을 망치기보단, 깊은 생각으로 원하는 것에 가까워지는 당신이었으면 좋겠다.

아는 만큼 보이고
보이는 대로 믿는다

지구는 둥글다. 이는 변하지 않는 진리이며, 초등학생도 알고 있는 아주 간단한 사실이다.

지금에야 과학자 그리고 철학자 이렇게 두 분야가 구분되어 있지만, 과학의 발달이 미미했던 고대에는 철학자가 곧 과학자의 역할을 했다. 역사에 이름을 남긴 희대의 철학자, 즉 고대시대의 과학자들은, 지금 초등학생 저학년도 알고 있는 "지구는 둥글다."라는 사실을 부정했었다. 바다의 수평선을 바라보며 그 생김새대로 지구는 큰 판 모형이라고 생각했다.

물론 그렇게 생각한 사람들과 또 다른 생각을 가진 사람들의 주장, 끊임없는 토론 그리고 연구가 거듭되어 현대 문명이란 발전을 이룩할 수 있었지만, 생각해보면 참 헛웃음 나오는 일이다. 초등학생보다 아는 것이 없는 철학자라니. 과학자라니. 그러면서 다시금 깨닫는다. 사람은 아는 만큼 보인다. 또 보이는 만큼만 믿는다.

사람은 단순하다. 딱 아는 만큼 보인다. 대상에 대한 정보가 없으면 그것의 단면만을 보는 것이다. 지구에 대한 정보가 없다면 넓게 펼쳐진 초원과 바다를 보며 지구가 평평하다는 생각을 한다. 공기에 대해 모르고 있다면, 내 방에 공기가 가득 차 있는 줄도 모르고 산다. 하지만 거기에서 그치지 않는다. 그것을 굳게 믿는다. 아는 만큼 보인 것을 그대로 믿는다.

그래서 당신은 삶을 살아가며 답답한 순간이 많이 있을 것이다. 나는 이런 정보를 가지고 있고, 이렇게 보는데 타인은 다른 정보를 가지고 있어, 저렇게 보기 때문이다. 또 오해받고 살아갈 것이다. 당신은 이런 상황을 알고 있어서 이렇게 행동했지만, 타인은 저런 상황을 알고 있고 당신이 저렇게 행동하지 않는 사람으로 보이기 때문이다.

나와 주변 사람이야 다툼 정도로 끝나겠지만, 고대에는 지구가 판형이다, 둥글다 두 주장을 두고 살인까지 저질렀다고 한다. 그만큼 가진 정보는 사람마다 다르고, 그 다름만큼 보는 시각도 다르며, 보는 시각이 다른 만큼 믿는 것도 다르다는 것이다. 그리고 그러한 다름의 차이는 그만큼 위험하고 무거운 것이다.

예컨대 신앙. 신념. 정의. 진리. 도저히 쉽게 정의될 수 없는 것들. 캐면 캘수록 더 나오는 것들. 물으면 물을수록 더 깊어져 가는 것들. 알면 알수록 다르게 믿게 되는 것들.

가볍게는 당신과 다른 행동을. 더 가볍게는 생각을. 무겁게는 신념을 더 무겁게는 정의를 행하거나 가지고 있는 사람이 있다면, "그럴 수도 있겠구나." 하고 넘겨야 한다. 당신이 설득하려 마음먹고 논쟁을 펼친다 해서 상대의 시선이 바뀔 일이 없기 때문이다. 그 말은 곧, 내가 의도한다고 해서 상대가 가지고 있는 믿음이 바뀔 일이 거의 없다는 것이다.

당신이 지금 상대와 앞다퉈 서로가 맞다고 싸워봤자 세상이 급속도로 변하지 않는다. 세상은 수순에 맞게, 각자의 역할에 의해 변하고 성장한다. 하지만 당신이 참견을 하는 순간, 스스로가 급속도로 힘들어질 선택을 하는 것이다. 답답하며 화가 치밀어 오를 것이고 관계를 잃기도 하며 복수를 당하기도 할 것이다. 받아치는 순간 내 손바닥만 계속 아픈 것이다. (물론 세상이 변하는 것은 다름의 진위를 정확히 가리는 것으로부터 시작하지만, 정답이 정해지지 않을 일들. 가벼운 예로 들면 '공부를 잘 하는 방법', '키가 크다의 정의' 따위의 각자의 기준과 방식을 인정해야 하는 부분에서 간섭하지 말자는 것이다.)

또 나를 설득시키려고 하며, 나의 시선을 바꾸려는 사람이 있다면 당당하게 맞서지 말고 당당하게 피하자. 어차피 정보

의 차이일 뿐이며, 그로인해 보고 믿는 것의 차이일 뿐. 세
상과 사람은 쉽게 변하지 않는다. 간단히 말해서, 나도 변할
맘이 없는 수많은 사람 중의 하나일 뿐이다. 그러니 변하지
도 않을 나에게 생각의 전환을 요구하는 사람이 있다면, 알
아서 피하는 것이 좋은 판단이다.

　아는 만큼 보이고 보는 대로 믿는다. 믿는 만큼 행하고, 그
렇게 생각한다. 다름의 차이를 인정하는 습관. 나만 아는 것
도 아니고, 상대만 모르는 것도 아니다. 이를 기억하고 살아
갈 것.

어른이 되어 살아간다는 것

예전에는 내가 좋아하는 것을 좋아하려고 노력했다. 내가 가지고 싶어 했던 인형, 자전거. 좋아하는 친구 그리고 좋아하는 가수, 내가 듣고 싶은 말. 전부 나를 기준으로 세웠고, 그것들을 얻기 위해 안간힘을 썼다. 애정하기 위해 노력했다. 그래, 나는 원래 그런 사람이었다. 내가 좋아하는 곳, 좋아하는 옷, 좋아하는 카페, 좋아하는 향기. 내가 좋아하는 것을 곁에 두기 바쁜 사람이었다.

그런 나에게 변화가 찾아온다. 언제부턴가 좋아하는 것을 좋아하려는 삶보단, 싫어하는 것을 좋아하려고 애쓰는 삶을 살고 있다. 전에는 좋은 것이 좋고, 싫은 것은 싫다고 딱 말할 수 있었는데, 이젠 뭐가 좋고 싫은지 잘 모르겠다. 아니, 아는데 그걸 자꾸 모르려고 애쓴다. 내가 좋아하는 것들은 나에게 해가 되기 일쑤이고, 내가 싫어하는 것들은 좋아하면 득이 되는 것이 많았기 때문이다.

나를 싫어하는 상사에게 잘 보이려고 애쓰곤 한다. 싫은 말도 좋은 의미로 받아들이려고 노력한다. 있기 싫은 곳에 적응하려고 안간힘을 쓰고, 평소엔 입지 않을 불편한 옷을 쇼핑하는 내가 있었다. 무던히도 싫어하는 것들이 점차 나의 삶 안으로 깊게 파고들어 온다. 나는 그것을 거부하는 순간 이기적이거나, 못나거나, 철없는 사람으로 보일 것이기에. 내치는 순간 앞으로의 삶에 득이 될 게 없어질 것 같아서. 그래서 좋아하려고 애를 쓴다.

어른이 되어간다는 것은 무엇일까? 예전에는 어른이 되기 위해 갖은 노력을 했다. 어른이 가진 그 자유가 좋아 보였기 때문이었다. 어른처럼 보이고 싶고, 또 어른처럼 당당하게 살아가고 싶었다. 어른처럼 가지고 싶은 것을 가지고, 밤늦게 돌아다녀보고 싶기도 했다.

어떠한 시점이라고 단정 지을 순 없지만, 나는 어느 순간부터 어른으로서의 삶을 살아가고 있었다. 하지만 상상했던 어른과는 전혀 다른 어른이 되어있었다. 좋아하는 것들에게서 멀어지고 있는 내가 있었고, 그런 나를 보며 허탈함을 자주 느끼곤 한다. 어른이라는 자유를 꿈꿨지만, 오히려 어른이라는 족쇄를 찬 격이었다. 지금 내 기준에서의 어른은 허울뿐인 자유이다.

이것이 어른으로 사는 삶이자, 어른으로서의 방법이라면 시간을 되돌아가 그간 어른을 동경해왔던 어린 나에게 어른을 동경하며 살아가지 말라고 말해주고 싶다. 어른을 동경하며 살아가지 말라고. 언제가 되어도, 지금처럼 너 좋아하는 것을 좋아하고 살아가라고. 앞으로도 그렇게 철없는 너 자신을 살아가라고. 꼬마였던 작은 나를 꼬옥 안아주며 그렇게 말해주고 싶다.

어른들 동경하며 살아가지 말라고,
언제가 되어도, 지금처럼
너 좋아하는 것을 좋아하고 살아가라고.
앞으로도 그렇게 헛없는 너 자신을 살아가라고,
꼬마였던 작은 나를 꼬옥 안아주며
그렇게 살해주고 싶다.

엄마라는 멍

엄마는 엄마라는 이유만으로 멍이 자주 든다. 엄마, 나 이 렇게 잘살고 있다고 말해 봐도…. 엄마에겐 내 존재 자체가 멍이다. 아픈. 감싸 안고 싶은. 엄마라는 단어에서 엄을 꺼내 본다. 아들 자(子), 어미 모(母). 모음은 가만히 있고 자음만 바뀌어도 엄은 멍이 된다. 엄마의 생은 그대로였을 뿐인데 내 가 아들이 되어서 엄마는 엄마가 되었다. 아마도 엄마는 그녀 에서 엄마로 바뀌며 멍이 가득해진 걸까. 내가 태어난 순간 필연적으로 엄만 멍이 들어야만 했던 거 같다. 내가 몽마가 되어 엄마의 생을 악몽으로 만든 거 같아 가끔 잠을 설친다. 낮잠도 없이 꽤 잠을 설친다. 엄마의 이름이 나 때문에 없어 진 거 같아서 가끔 잠을 설친다.

시작이 두려울 때가 잦다

사람이 태어난 걸 대담히 여기진 않아도, 죽는 걸 두려워한다는 게 아이러니한 사실이었다.

어쩌면 시작의 기쁨보다 마지막의 두려움을 먼저 알게 되는 게 사람의 본성인 것처럼.

숱한 고행을 거듭해도 마지막은 늘 비루했으니. 어느 땐 시작의 축복마저 끝이라는 상실감에 짓이기게 된다. 그렇게 우리는, 새로운 다짐 앞에 행복해서 벅찰 일이 줄어든다.

무언가의 시작은 주변만이 시끄럽게 박수친다.

나는 갓 태어난 아이처럼 호흡기를 달고 사는데.

타인이 나를 모르듯
나도 타인을 모른다

살아가다 보면 누군가 나보다 빠른 것 같아서, 나보다 잘하는 것 같아서 그래서 질투나 부러움이 생기는 경우가 종종 있습니다. 어느 도달점에 나보다 먼저 도착한 것만 같고, 능력이 나보다 뛰어난 것 같고, 나보다 행복한 것 같단 부러움이 들기 마련이죠. 정확하지 않은 정보로 상대와 나 사이의 차이를 가늠해보곤 합니다. 단지 '그렇게 보이는' 정보로 말입니다.

타인은 당신을 모릅니다. 당신의 건강적인 면이 어떻고, 어떤 위치에 있고, 집안은 어떤 상황인지 오직 당신만 알 수 있죠. 사소하게는 당신이 어떤 음식을 좋아하는지조차 언질하지 않는다면, 타인은 영영 그 사실을 모르고 살 것입니다.

이처럼, 당신도 타인을 모르고 살아갑니다. 그 사람의 곁에 맴도는 불분명한 것들만 당신에게 정보로 들어옵니다. 그리고 그것은 타인이 당신에게 보이고 싶은 이미지일 가능성이 큽니다. 모든 사람은 긍정적으로 보이길 원하지, 부정적으로 보이길 원하진 않으니까요.

손님이 끊이지 않는 맛집이 미디어에 자주 소개되곤 합니다. 꼭 미디어가 아니더라도 지나가며 유동 인구가 많은 곳에 자리한 가게를 보며 "돈 잘 벌겠다."라는 긍정적인 이미지가 머릿속에 새겨지곤 하죠. 하지만 실상은 다를 수도 있습니다. 가게 주인은 월세와 직원 월급에 빠듯한 가게 운영을 하고 있을지 모르는 일입니다. 또 투자자에게 절반가량의 수익을 납입하고 있을지도 모르는 일이죠. 그러니 정말 흥했다 생각하는 가게들도 연거푸 문을 닫는 상황이 나오곤 합니다. 나는 겉모습으로 그 사장이 돈을 잘 벌겠다 생각하고 부러워했지만, 실상을 들여다보면 전혀 다른 상황일 수도 있다는 것입니다.

당신이 부러워하는 것들, 전부 겉모습일 뿐입니다. 당신이 그렇게 내비치고 싶은 것들 또한 허울뿐인 겉모습일 것입니다. 그렇게 보여지고 싶은 것에 대한 집착은 곧 허세가 될 것입니다. 그것에 대한 많은 부러움을 가지는 것은 곧 질투가 될 것입니다. 타인이 나를 모르듯, 나도 타인을 모르고 살아갑니다. 부러워할 것 하나 없고 내세울 것 하나 없는 것이죠.
질투할 것 하나 없고, 자랑할 것 하나 없다는 것이지요.

언제나 아쉽거나
슬프기를 바랍니다

우리는 자주 아쉽거나 슬프거나 하는 사람들입니다. 하지만 그것이, 아주 작은 일에도 감정적으로 휘둘리는 사람이란 뜻은 아닙니다.

우린 소중한 것을 잃어버렸을 때 아쉽거나, 행복했던 것을 떠나보낼 때 슬프거나 합니다. 소중한 것을 자주 잃어버리거나 행복했던 것을 자주 떠나보내기 때문에 자주 아쉽고 자주 슬프게 되는 것이죠. 단지 그러한 상황이 많을 뿐이지, 그렇다고 우리가 아무것도 아닌 일에 아쉽거나 슬프거나 하는 쉬운 사람은 아니라는 말입니다. 그러니 나는, 그런 감정들에 대해 별것 아니라고 생각하지 않습니다. 정말 소중했고, 많이 행복했으니 이만큼이나 아쉽고 슬픈 것이겠지요.

그러니 힘써 아쉬움을 없애려고 하지 않겠습니다. 그것은 소중한 것을 떠나보내며 파생된 감정이니까요. 무언가 소중했다는 것을 부정하지 않고 온 맘으로 받아들이며 아쉬워해야겠습니다. 내가 아쉬운 게 싫다고 해서 소중했던 마음까지 아니었다 할 순 없는 일이니까요.

또 슬픔이란 감정을 지우려 애쓰지 않겠습니다. 슬픔을 딱히 좋아하는 건 아니지만 그렇다고 부정하진 않겠습니다. 그것은 행복했던 것을 떠나보내며 파생된 감정이니까요. 슬픔이 사라지면 좋겠단 생각을 해도, 나의 행복했던 순간들까지 사라지게 하고 싶지는 않은 마음입니다.

우리에겐 아쉬움과 슬픔이 늘 있을 겁니다. 또 그것을 지우려고 노력하겠죠. 나는 그런 당신에게 말합니다. 아쉬움과 슬픔이 언제나 당신 곁에 있기를 바랍니다. 없애려 하지 말고 지우려 하지 말고, 언제나 아쉽거나 슬프거나 하기를 소망합니다. 당신 곁에 소중함과 행복의 잔재가 늘 남아있기를 바랍니다.

곧, 언제나 소중한 것들이 곁에 있고, 행복한 순간이 머무는 삶이기를 바랍니다. 그것들이 언젠가 떠나는 건 어쩔 수 없는 일입니다. 단지, 당신의 곁에 늘 있었던 것처럼 앞으로도 늘 소중함과 행복함이 있기를 바랄 뿐입니다.

비록 떠나갔다고 하더라도, 있는 그대로 머무르도록 아쉽고 슬프고 했으면 좋겠습니다. 또 그것으로 인해 새로운 소중함과 행복의 가치를 알아주는 사람이 되었으면 좋겠습니다.

우리에겐 아쉬움과 슬픔이 늘 있을 겁니다
또 그것을 지우려고 노력하겠죠
나는 그건 당신께 말합니다.

아쉬움과 슬픔이 언제나 당신 곁에 있기를 바랍니다
없애려 하지 않고 지우려 하지 않고,
언제나 아쉽거나 슬프거나 하기를 소망합니다.

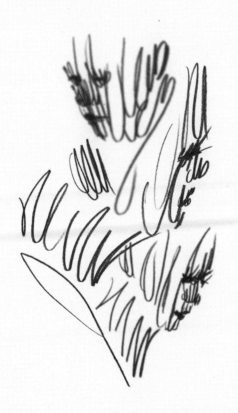

아빠를 반기는 것

어느새 독립할 나이가 되어서 따듯한 가정의 품을 떠나 좁은 원룸에 홀로 살다 보니까 느껴지는 외로움이 있지 뭐야. 집에 들어갈 때 나를 반기는 존재가 그렇게 필요하게 느껴지더라. 그래서 반려견을 분양받을까 생각했는데… 주머니 사정도 아쉽고, 출근하면 봐줄 사람도 없고 하니까 터무니없는 생각이겠지 하고 바로 포기했어. 아, 우리 본가엔 강아지 한 마리를 키우는데 처음엔 아빠가 제일 반대하더니 이젠 아빠가 가장 많은 사랑을 줘. 걔도 아빠를 가장 잘 따르는 것처럼 보이고.

언제부턴가, 아빠가 개를 가장 좋아해 주는 사람이 된 게 이해가 가더라. 늦은 밤 퇴근을 해도, 나는 달가운 얼굴로 한 번을 반겨 주지 않은 그를, 걔는 세상 반갑게 반겨 주니까. 냄새 폴폴 나는 발꼬락이라도 반갑다며 볼을 부비적하니까.

담배 냄새 풀풀 나는 입이라도 반갑다며 다정하게 핥아 주니까. 아빠가 참 좋아해 줄 만도 하면서, 이젠 내가 어느 정도 외로워지니까 왠지 모르게 그가 이해되고 용서되고 미안해지고 그립고 이런 감정이 몰려오더라. 꼭 그렇게 되더라. 살면서 한 번을 반겨 주질 못하고 방문만 꼭꼭 잠가놨었구나. 얼마큼 외로웠을까. 나는 단순히 없어서 외로운 거고, 아빠 있는데도 외로웠던 거잖아. 그게 더 외로웠겠지? 얼마큼 외롭게 살아왔을까 우리 아빠.

예상되는 슬픔

<강아지 이름 '두부'로 짓지 마세요.>

한때 인터넷에 떠도는 게시글이 있었다. 우리 집 막내 이름은 두부인데, 그걸 저격하듯 두부로 짓지 말란다. 보는 순간 어떠한 슬픔일지 예상된다. 자주 쓰는 단어이니, 무지개다리를 건너면 우리는 식탁에서 자주 울겠지. 그래서 두부로 짓지 말라는 거겠지. 정도의 예상.

바로 앞에서 슬픔을 맞이하는 것보다, 두려운 사실이었다. 슬픔이 예상된다는 거. 슬픈 예상은 적중한다는 거. 그러면서도 아무렇지 않게 살아갈 거라는 거. 그럼에도 사랑할 거라는 거.

세상엔 슬픔이 예상되는 것들이 있다. 막지 못하고, 막을 수 없고, 필연적으로 다가올. 어쩌면 시작과 동시에 이미 정해져 있던. 속으로 연습을 거듭해도 여전히 슬픈. 여전히 아픈. 언젠간 그동안의 행복이 무색할 만큼이나 나를 무너지게 만들.

정말 지긋지긋한 건 그것들을 기어코 헤쳐 나가야 할 나 자신 또한 예상된다는 거였다.

요즘 들어 안색이
좋지 않다면

지구의 표면은 약 70%가 물이고, 그중 약 2% 정도가 담수, 즉 삼킬 수 있어 생명을 연장하는 연료가 되는 물이라고 합니다. 지구 표면의 대부분은 물이 차지하고 있고, 그러기에 우주에서 지구를 바라보면 푸른 행성으로 보인다고 하죠. 그런 지구의 물이 흐르지 않는다고 생각해보았습니다. 흐르지 않는 물은 썩을 것이고, 지구의 표면은 금방 푸른빛을 잃어버려 죽은 행성처럼 보이게 되겠죠.

지구의 대부분이 물로 이루어져 있다면, 우리의 하루는 생각과 감정이라는 것이 주를 이루고 있습니다. 그리고 생각과 감정의 대부분은 자잘한 고민, 걱정, 또는 우울, 후회 같은 부정적인 감정이 차지하곤 합니다.

무엇과 부딪치며 살아가는 우리의 삶에 필연적으로 따라

오는 것들입니다. 떼어낼 수 없는 것들입니다. 다만, 우리의 그러한 생각과 감정들이 전부 그럴만한 가치가 있다면 참 좋겠습니다. 하지만 현실은 그렇지 않습니다. 그중에 극히 일부만이 삶의 연료가 되는 것들입니다. 마실 수 있는 담수처럼 말이죠. 그것 이외의 것들은 일어나지 않을, 깊게 고민해도 해결되지 않을, 또는 이미 지나가서 잊어버려야 하는, 이미 돌이킬 수 없는 것들입니다. 삼킬 수 없고, 또 삼킬 필요도 없는 것들이겠죠.

그런 생각과 감정의 대부분이 고여 있습니다. 언젠가 했던 고민과 걱정들이 대부분입니다. 항상 똑같은 방식으로 두렵고 우울하며 가슴 졸입니다. 그리고 똑같은 방식으로 의심하고 박탈감을 느끼며 무기력해 합니다. 그러기에 대부분의 생각과 감정이 썩어납니다. 흐르지 않아 썩는 물처럼 악취 나게 변합니다. 그래서 누군가 나를 바라볼 때에 생기가 도는 푸른빛이 아닌, 퀴퀴한 잿빛으로 보이기도 합니다. 생각과 감정이 썩고 있기에, 좋지 않은 안색을 두르고 다니는 것입니다.

우리가 살며 느끼는 부정적인 생각들 감정들. 전부 흐르게 해야 합니다. 주관적인 생각에 머무르지 말고, 타인을 만나 객관적인 조언을 들어보기도 해야 합니다. 해결될 문제가 아니더라도, 누군가를 만나 이야기를 해서 해소를 해야 합니다. 꼭 누군가가 아니라도 다른 것에 집중하며 흐르게 하고, 그로 인해 여유를 넓혀야 합니다. 그렇게, 내 안의 감정을 새로운 관점으로 바라보고, 불필요한 생각들에 대처하는 태도를 변화시켜야 합니다. 그러한 긍정적인 변화를 통해 나를 발전시켜야 합니다. 그래야 매번 같은 고민과 걱정으로부터, 부정적인 감정으로부터 자유로워질 수 있습니다.

생각하는 행위는 대개 많은 에너지를 필요로 합니다. 격한 운동 못지않게, 무거운 생각을 가지고 사는 것은 하루하루 큰 에너지 소모로 이어집니다. 하지만 에너지 소모에 대한 결과는 없고, 매번 같은 소모만 지속되니 의욕이 떨어질 뿐입니다. 그러기에 쉽게 퀭하고 피곤하며 힘이 없어지는 것이죠.

당신의 그 진부한 생각과 감정의 패턴이 당신을 좀먹고 있습니다. 그런 것들, 이제 고이게 두지 말고 흐르게 해서 푸릇푸릇한 삶을 이어갔으면 좋겠습니다. 흐르지 않고 고여 있는 것은 퀴퀴해지기 마련입니다.

정리하는 습관이
삶을 가볍게 만듭니다

돈은 잘 모으는 것도 중요하지만, 그만큼 잘 쓰는 것도 중요하다는 어머니의 말씀이 떠오릅니다. 삶을 살아갈수록 모으는 것보다 정리하는 것이 중요하다는 생각을 합니다.

하지만 늘 쌓아두며 살기 바빴습니다. 언젠가 필요할 것 같아서 산 물건들, 당장 필요해서 산 물건들. 이제는 쓰지 않는다 해도, 언젠간 다시 쓰겠지 하면서 나의 방안을 가득 메우곤 합니다. 그런 것들이 쌓이면서 삶의 예민함도 함께 쌓여갑니다. 물건이 쌓일수록, 내가 편하게 다닐 수 있는 바닥이 점점 좁아집니다. 몸을 움직일 때마다 쓰러지는 것들이 많아지며, 어떤 물건이 있었는지 기억이 잘 안 나곤 합니다. 그러니 필요한 것을 찾을 때에 헤매기 일쑤입니다.

사람은 비어 있는 것보다 꽉 찬 것을 좋아합니다. 어쩌면 우리의 그러한 습관은, 관계를 향한 태도에서도 비슷하게 적용되지 않을까 합니다. 마음에 한 번 들여놓은 사람을 잘 버리지 못하고 살아갑니다. 완벽히 정리하지 못한 채, 또 다른 사람을 마음 안에 들여놓습니다. 그러니 창고같이 변한 방처럼, 비좁은 마음을 달고 살기 일쑤입니다. 예민해집니다. 여유 없는 마음으로 주변을 대하며 살아갑니다. 하지만 무감각해집니다. 예전에는 사소한 것에도 흥이 났던 내가, 이젠 특별한 것에도 감흥이 없어집니다. 복잡해집니다. 기억이 엉켜버려서 스스로의 감정에 대해 잘 모르는 상태까지 이르기도 합니다. 우리는 그러한 여러 가지 부족함을 또, 다른 사람에서 충족하고자 합니다.

건강하고 여유로운 삶을 위해선 물건도, 사람도 정리하는 연습이 필요하지 않을까 합니다. 딱히 모아두고 잡아두는 것이 풍요로운 것은 아니란 말이죠. 나에게 필요한 것들, 소중한 것들을 적당히 곁에 두면서 여유를 두는 것이 가장 풍요로운 것 아닐까 생각이 듭니다. 당신의 삶이 탁하게 느껴진다면 곁에 있는 것을 보내주지 못하고, 쌓아놓기만 해서 일 수도 있겠습니다. 우리는 지금껏 가지고 살아가는 것엔 익숙했지만, 버리고 정리하는 것엔 익숙지 못한 사람들이었습니다. 그것이 나의 여유와 감정을 좀먹고 있는 건지도 모르겠습니다.

어느 정도 비워 내야 탈 없이 채워 넣을 수 있습니다. 당신의 주변을, 마음을 조금 더 가볍게 하는 연습이 있었으면 좋겠습니다. 그것으로 더 진중하게 사랑하고 무게 있게 간직하는 사람이 되었으면 좋겠습니다. 온전히 정리한 후, 쌓아가는 습관으로 한층 더 개운한 삶을 살아갔으면 좋겠습니다.

주름

엄마는 쌀알을 씹으며 잇몸과 입술에 힘을 줄 때마다 주름이 생겼다 펴졌다 생겼다 펴졌다 반복했다. 가만 보니 엄마의 주름은 꼭 누구와 닮아있었다. 예전에, 그러니까 정말 어릴 때에 밥상에서 할머니가 김에 밥을 싸 드셨을 때에, 그러니까 특히나 많은 것이 입속에 들어가 오랫동안 오물오물하실 때에, 그럴 때 볼 수 있는 인중의 주름이었다. 나는 어느새 할머니의 주름과 닮아있는 그 주름을 멍하니 바라보았다.

그렇게 한참을 바라보는 나를 향해 엄마가 말을 건넨다.

"애야 너무 슬프게 생각하지 말거라. 옷도 옷 나름대로 많이 입고 빨고를 반복하다 보면 주름 같은 것들이 지기 마련이고, 반짝이던 반지도 꼈다 뺐다를 반복하면 결국 빛이 바래기 마련인 것이다. 어떻게 사람이라고 오래 살아가며 얼굴에 주름 하나 없이 살 수 있겠니. 빛나게만 살 수 있겠니. 이렇게 나이가 들어서 아무 티가 나지 않으면 그게 얼마나 억울한 일이겠니. 엄만 지나온 삶들이 참 자랑스럽단다. 근데 왜 네가 그렇게 슬픈 눈으로 바라보는 거니. 애야. 엄만 괜찮으니까 그렇게 생각하지 마렴."

"…아냐 그냥 잘 드시니까 멍 때리면서 본 거지 뭘."

나는 생각했다. 내가 주름을 보고 있단 걸 엄만 어떻게 알았을까. 그래, 저렇게 말하더라도 엄마도 신경 쓰이는 거겠지. 주름이 점점 더 짙어지고, 그 주름 사이로 삶의 때 같은 것이 끼어서 지워지지 않는 느낌일 거야. 예전에는 화장을 지우듯 지워버리고 잊을 수 있었지만, 이제는 저 주름 사이사이로 너무 깊게 끼어버려서 지워지지 않는 그런 것들이 있다고. 맞아. 그래서 엄마도 늘 신경 쓰일 거야. 아무렇지 않게 말해도 엄만 내가 조금 원망스럽겠지. 분명 내가 원망스럽고 그럴 거야.

오랜만에 집에 들러 엄마와 함께한 식탁에선 영 밥맛이 살아나지 않았다. 하지만 우걱우걱 집어넣어 본다. 또 이 맛난 것들을 언제 먹어볼 수 있을지 모르기 때문에. 우걱우걱. 나중에 너무도 그리워할 것 같은 맛이라서. 우걱우걱. 나는 밥알을 얼마나 씹고 소화시켜야 저렇게 깊은 주름이 생길까 하고. 우걱우걱. 내가 조금이라도 더 잘 먹어야지, 엄마의 주름이 헛되지 않은 주름이 될 것만 같아서. 우걱우걱.

우리가 생각하는
유토피아는 어디에도 없다

이 세상은 유토피아가 아니다. 내가 게을리 일을 하며 부를 축적할 순 없다. 마음이 고단하지 않은 채 해낼 수 있는 일은 없다. 시간을 투자하지 않고 높일 수 있는 가치는 없다. 감정을 소모하지 않고 맺을 수 있는 관계는 없다. 우리는 어떠한 것을 포기하는 대신, 원하는 것을 얻는 세상에 살고 있다. 무조건이라고 말할 순 없지만 내가 포기한 만큼, 딱 그만큼 누리며 살 수 있는 것이다.

하지만 욕심이란 감정은 자꾸 두 가지를 동시에 만족시키려고 한다. 조금 더 편하게 일하며 돈을 벌고 싶어 하고, 해내고 싶은 일은 있으면서 마음이 힘든 것은 싫어한다. 시간을 최대한 덜 들이면서 나의 가치를 높이고 싶어 하고, 감정의 소모를 최소화하며 사랑을 하고 싶어 한다. 그러기 때문에 모든 일이 더 힘들어질뿐더러 수포로 돌아가기도 한다. 두 마리 토끼를 잡기 위해 애를 쓰지만, 한 마리의 토끼도 잡지 못하는 격이다. 그럴수록 실망하고 좌절하는 횟수도 빈번해진다.

당신이 이러한 이중적인 생각 사이에서 끊임없이 줄다리기를 하며 힘이 빠진 상태라면, 말하고 싶다. 정신 차려야 한다. 당신이 생각하는 유토피아는 없다. 단지 우리가 할 수 있는 선택지는 두 가지이다.

1. 더 하고, 더 만족할 것인가.
2. 덜 하고, 어느 정도 만족할 것인가.

이제, 나의 에너지를 덜 소비하면서 더 만족스러운 결과를 낼 거라는 이기적인 생각은 버리자. 이 세상은 그렇게 만만하게 돌아가지 않는다. 당신이 더 한다면 더 좋은 결과가 있을 것이다. 하지만 당신이 덜 한다면 그만큼 덜 좋은 결과가 있을 것이다.

이러한 각박한 세상 속에서 만족하며 살아가는 방법은, 결과 자체 보단 그 가치에 대해 의미를 부여하는 것이다. 덜 고생하고 덜 만족스러운 결과를 도출했다면, 당신은 '덜 고생한 것'에 가치를 둔 것이다. 더 고생하고 더 만족스러운 결과를 도출했다면, 당신은 '더 만족하는 것'에 가치를 둔 것이다. 이 두 가지 가치 중에 무엇이 좋다고 단정 지을 수 없다. 곧, 누구의 승리라 말할 수 없다. 행복과 성취감의 기준은 사람마다 천차만별이니까. 단지 가치를 어디에 두었느냐의 차이일 뿐이지 승리를 논할 거리가 아닌 것이다.

어떤 것을 행함에 있어, 후회나 박탈감 또는 회의감 같은 부정적인 감정이 자주 생기는 이유는 조금 더 효율적으로 무언가를 해내기 위해, 끊임없이 머리와 감정을 노동시키기 때문이다. 일이든, 관계든, 사랑이든, 삶이든, 어떤 일을 망치는 이유도 효율적인 면만을 쫓았기 때문일 것이다. 어떤 것을 효율적으로 해내기 위해선, 그전의 엄청난 경험과 고난이 있어야 가능한 것인 줄도 모르고 말이다.

세상은 당신이 생각하고 계산한 대로의 효율을 인정해 주지 않을 것이며, 그에 대한 어떠한 답도 내주지 않을 것이다. 이 세상은 유토피아가 아니다. 하지만 스스로 가치를 둔 곳에 기울어지고, 그에 대한 결과에 만족한다면 그럭저럭 살아갈 만한 세상이다. 우리, 좀 더 맘 편하게 살기 위해선 내가 중점으로 둘 가치에 대한 판단을 먼저 하기로 하자.

당신, 덜 고생하는 것을 바라고 살 것인가. 더 만족스러운 결과를 바라고 살 것인가. 덜 마음 쓰고 살 것인가, 더 많은 것을 얻으며 살 것인가.

스스로에게
잘못된 위로를 가하지 말 것

잘 나아가고 있다가도 뜬금없이 두렵고 확신이 서지 않는 날이 있다. 내가 하는 모든 것이 잘 풀리지 않을 것 같은 비운의 예감이 드는 날. 자신감과 자존감이 땅끝까지 떨어지는 그런 날이 있다. 그럴 때면 딱히 어떻게 할 방법이 떠오르지 않아 '더 열심히 하자.' 정도로 스스로를 위로했다. 그리고 다시 열중했다. 열심히 하자고. 더. 지금보다 더. 어제보다 더. 누구보다 더. 어쩌면 나는 그것밖에 할 수 없는 사람이었다. 그렇게 나를 벼랑 끝으로 모는 위로밖에 할 수 없는 사람이었다.

하지만 생각한다. 어쩌면 나는 그때, 그날, 그 시간, 그 순간에 열심히 하자는 다짐을 하지 않아도 되는 사람이었다.

내가 고작 그 짧은 시간을 열심히 한다고 해서 결과가 특

출나게 변하지 않는다. 내가 고작 그 짧은 시간에 열심히 하지 않는다고 해서 나의 결과가 눈에 띄게 무너지지도 않는다.

만약 그 순간에 열심히 해서, 또 열심히 하지 않아서 결과가 눈에 확 띌 만큼 쉽게 오르내릴 일이라면, 그것은 내 생각보다 쉽고 또 이루어야 할 가치가 없는 일일 가능성이 높다. 굳이 붙잡고 전전긍긍하지 않아도 알아서 해결될 일일 것이다.

인생은 짧은 순간의 싸움이 아니다. 단거리 경주처럼 일각을 다투는 일도 아니다. 당신의 자신감을 깎아 낼 정도로 크고 무게 있는 일이라면 더더욱 짧은 순간의 싸움이 아닐 것이다. 그런데 우리는 왜 마라톤보다 긴 경주를 두고, 순간의 쉼을 허락 못 해 '열심히 하자.' 채찍을 가하는가? 두렵기 때문이다. 잠시라도 걸음을 멈추는 순간 다시 달릴 수 없을 것 같은 불안. 잠시라도 쉬어가는 순간 뒤처질 것 같은 불안.

답은 이미 나와 있다. 우리는 잘못된 위로를 스스로에게 하고 있다. 당신이 진정 가치 있게 생각하는 일이라면, 당신의 여유를 갉아먹으면서까지 움켜쥘 가치가 있는 일이라면, 롱런을 위해 잠시의 쉼을 주자. 앞으로 길고 긴 구간들을 위해 잠시의 쉼을 주는 용기를 가지자. 열심히 하자는 다짐 아닌, 더 길게 보자는 다짐을 하자. 잠시 앉아 쉬어도, 다시 신발 끈을 묶고 나아갈 자신을 믿어 주자. 잠시라도 멈춘다면

다신 달리지 못할 것 같다는 불안감들, 전부 스스로가 만들어
낸 허상일 뿐일 테니까.

　　나에 대한 최소한의 응원을 허락하는 삶이기를 바란다. 또
그럴만한 가치가 있는 일이기를 바란다. 당신이 그때, 그날,
그 시간, 그 순간마다 잘못된 위로를 건네지 않길 바란다.
더. 지금보다 더. 어제보다 더. 누구보다 더. 열심히 하는 사
람이 아닌, 누구보다 더 멀리 볼 수 있는 사람이길 바란다.

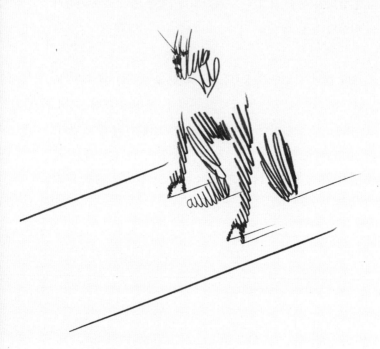

열심히 하라는 다짐 아닌,
더 길게 보라는 다짐을 쳐라.
잠시 앉아 쉬어도, 다시 신발 끈을 묶고
나아갈 자신을 믿어 주라.
강제라도 성춘다면
다신 달려 못할 것 같다는 불안감들,
전부 스스로가 만들어 낸 허상일 뿐일 테니까.

침대 밑의 먼지도
어느새 이만큼 쌓이는 것처럼

목표를 가지고 열심히 나아가다 보면 "에계… 고작 이것밖에 못했네."라는 생각을 가지기 쉽습니다. 특히 그 목표가 크고 앞이 보이지 않아 깜깜한 일이라면 말이죠.

기를 쓰고 발악을 했음에도, 오늘 하루를 되돌아보면 고작 먼지보다 작은 일을 해낸 거 같다는 생각이 듭니다. 아무런 변화가 없는 것처럼 느껴집니다.

그럴 때면 침대 밑의 먼지를 생각해봅니다. 그 밑에 어떻게 먼지가 쌓이고 있는지는 모르고 살아도, 쌓이지 않는 것처럼 느껴지더라도. 언젠가, 시간이 지난 그 언젠가에는 치우기 힘들 정도로 소복이 쌓여 있다는 것을요.

다 그런 거 아닐까 합니다. 오늘 노력한 것들이 쌓이고 있는지 모르고 사는 건 아닐까 합니다. 하루, 하루를 면밀히

살펴보면 참 부질없어 보이지만, 그런 하루가 쌓이면서 눈에 보일 만큼 뭉쳐지는 것 아닐까 합니다. 말 그대로 어느새 말이죠. 보잘것없는 먼지도 어느새 이만큼이나 쌓여있는데, 나의 노력이라고 쌓이지 않겠냐는 생각을 합니다.

모든 일은 급하게 생각하고, 결과만을 바라본다면 보잘것없어집니다. 하지만 무던히 해내다 보면 그것은 큰 결과로 나에게 나타날 것입니다. 당신이 변화를 의식하지 않고 무언가를 해나간다면, 단지 하루하루의 결과만을 지향하지 않는다면, 분명히 어느샌가 쌓여 있을 것입니다. 저 침대 밑의 먼지처럼 뭉텅이째 보일 만큼, 어느새 당신과 당신의 삶은 눈에 띄게 변화되어 있을 것입니다.

별일 아닌
슬픔과 아픔은 없습니다

슬픔에도 총량이 있다면 좋겠다. 네 슬픔, 내 슬픔 그 누구의 슬픔을 비교해가며 가장 슬픈 사람부터 위로받을 수 있도록. 하지만 애석하게도 각자가 품은 슬픔의 총량은 계산해서 따져볼 수 없다. 그래서 우리는 눈대중 정도의 수치로 상대의 감정을 가늠해본다. 예컨대 사건이나 상황 정도.

그래서 내가 슬프다고 아프다고 표현하기라도 한다면, 이런 반응을 마주할 수 있을 것이다.

"나는 너보다 심한 적도 있었어."
"나는 그런 일을 겪고도 버텨냈지."

하지만 그런 상황의 잣대로 슬픔의 총량을 정확히 측정할 순 없다. 사람마다 전부 다른 마음을 가지고 있기에. 다른 약점을 가지고 있고, 다른 형태의 그릇을 지니고 있기에.

사람들은 슬픔과 아픔에 대해 오해를 하며 살아간다. 나 또한, 남의 슬픔을 내가 겪은 상황과 비교해보곤 별것 아닌 취급을 하기도 한다. 또 나의 아픔을 타인의 상황과 비교해 별것 아닌 취급을 하기도 한다.

하지만 당신. 그 누가 당신이 느끼는 감정을 가볍게 여긴 다고 해도, 스스로는 가볍게 여기지 않았으면 한다. 당신이 어떤 것 때문에 슬프다면, 정말 슬픈 것이다. 또 아프다면 정 말 아픈 것이다. 이런저런 상황을 비교하며 나의 슬픔을 가볍 게 치부하는 말은 새겨들을 가치가 없다. 또, 애써 나와 타인 의 아픔을 비교해가며 스스로의 아픔을 희석할 필요도 없다. 누구와 비교하든 비교하지 않든, 당신이 슬프고 아프다는 사 실은 변하지 않는다. 이미 지나갔더라도, 슬펐고 아팠었다는 사실 또한 변함이 없다. 그러니 당신은 지금 충분히 슬프고 아픈 중이며, 그런 삶을 살아왔고 또 견디어 온 것이다.

참으로 대단한 일이다. 별것 아닌 감정이 아닌 참 대단한 감정을 겪어왔고, 지금껏 견뎌왔다는 것이. 또 그것으로 인해 무너지지 않았다는 것이. 그 상처의 깊이와 흉터만큼 발전해 왔을 당신을 생각하면, 참 대단한 일인 것이다.

당신, 이대로만 나아가면 된다.

나의 감정에 대하여, 타인이 내리는 평가에 휘둘리지 말 것. 또 감히 남들과 비교하며 스스로의 슬픔과 아픔을 가볍게 여기지도 말 것. 그 어떤 감정도, 반드시 버텨낼 당신이라는 것. 또 아물 당신이라는 것. 아문 만큼 단단해질 당신이라는 것. 그것을 믿고 나아갈 것.

  그간 참 큰 아픔과 슬픔을 견뎌내느라 고생했다. 별 볼 일 없는 것이 아닌, 참 큰 감정을 겪어내느라 무던히도 고생 많았다.

당신은 태어난 순간부터
특별한 사람입니다

우리는 흔히 자신과 남을 비교하며 스스로를 낮추곤 합니다. 선천적으로 무엇에 더 능력이 있거나 없거나, 후천적으로 무엇을 더 잘하게 되거나 못하게 되거나 하는 척도에 따라서 말이죠.

단순한 비교를 하며 경쟁의식을 가지는 것은 좋습니다. 꺼질 듯한 열정의 불씨에 기름을 부어주기도 하며, 꾸준히 달릴 수 있도록 나를 축여 주는 생수가 되기도 하죠. 하지만 비교를 하며 스스로를 낮춘다면 그것은 잘못된 방향일 뿐입니다. 꺼져가는 열정의 불씨에 물을 끼얹는 것과 같고, 나의 목을 축여 주긴커녕 병들게 할 기름을 마시는 격입니다.

지속된 비교를 통해 스스로를 낮추는 습관은, 곧 사람 대 사람의 능력을 넘어 '특별함'과 '보잘것없는'의 척도로 변질되기 쉽기 때문입니다. 어쩐지 나는 보잘것없어 저 사람보다 못난 것 같고, 저 사람은 나보다 특별해서 잘난 사람인 것처럼 생각되기 마련이죠. 꾸준히 비교하고 자신을 낮추다 보면 아주 당연한 흐름의 종착역일 것입니다. 또 그런 생각은 나를 포함한 주위의 모든 것을 쓸모없게 몰아갈 것입니다.

나는 그래 왔고, 그렇게 생각하는 당신에게 말합니다. 그건 사실이 아닙니다. 망상일 뿐이며 당신은 특별합니다. 진위를 따질 노력조차 아까울 정도로, 전혀 그렇지 않습니다. 그런 기준으론 특별함의 척도를 매길 수 없습니다.

누군가 당신보다 우월하다 생각된다면 단지 상대가 노력을 더 했을 뿐이고, 당연히 어느 면에선 당신보다 뛰어날 수 있는 것입니다. 당신도 노력한다면 얻을 수 있고, 다른 면에서는 이미 당신이 더욱 뛰어나고 있을 것입니다. 다른 상황을 만나 당신은 빛을 발할 것이고, 어떤 시간을 만나 스스로의 가치를 인정할 정도의 사람이 되어있을 것입니다.

사람은 본능적으로 가진 것보다, 없는 것을 보기에 당신이 가지지 못한 것처럼 보일 뿐입니다.

그러니 결코 특별하고 말고를 논할 거리가 아닙니다. 당신은 태어날 때부터 세상에 하나뿐인 사람입니다. 다이아몬드는 쓸모가 있어 값비싼 취급을 받는 것이 아니라, 희소가치가 있기 때문에 값비싼 취급을 받습니다. 당신은 이 세상에 오직 하나뿐인 사람이고, 그만큼이나 특별한 사람입니다. 누구와 빗대어도 동등한 가치가 있는 사람입니다. 우리 모두 태어난 순간부터 이미 세상에서 가장 특별한 사람입니다.

조성아씨

조성아씨. 첫 만남이 정확히 기억나지 않는 사람이었다. 그녀와의 첫 만남에 대해 아는 것이라곤, 양수에 뒤덮인 채로 발가벗고 세상에 나온 내가 온전히 숨쉬기를 바랐던 사람이 그녀라는 거. 그거 하나뿐이었다. 나는 그렇게, 처음 마주한 그녀의 고통과 인내를 통해 세상에 나왔다. 또 나는 그녀를 통해 세상을 보았고 경험하며 자랐다. 지금의 그녀는 안으면 내 품에 쏘옥 들어올 정도의 작은 사람처럼 보이지만, 어릴 적에는 그녀의 손바닥 안을 운동장인 것처럼 뛰어다닐 만큼 나에게는 큰 사람이자 넓은 울타리였다.

어느 날은 엄마에 대한 글을 쓰다 문득 '엄마'라는 단어에 대해 호기심 같은 것을 품은 적이 있다. 미국에서도 엄마를 부를 때 '마마'라는 쉬운 발음의 단어를 쓰는 것을 짐작해보면 '엄마'라는 단어 또한 한국말에서 가장 부르기 쉬운 단어에 속하지 않을까 하면서. 입을 닫고 열면서 자연스럽게 나오는 소리 같이. 음-마 하고. 어쩌면 아기가 태어나 가장 처음 배우는 단어가 '엄마'일 것이기에 그것을 고려해 입으로 내기 쉬운 형태를 띠며 단어가 생겨나지 않았을까 하고.

언제부터였을까. 나는 그 쉬운 단어에 대해 조금씩 안타까운 마음을 갖기 시작했다. 어쩌면 우리는 모두 각자의 삶을 살며 개개인의 이름으로 불리지만, 엄마의 이름은 너무도 쉽게 세상에서 툭 하고 사라져 버린다. 정말 말 그대로 툭. 그것은 나를 낳으면서 엄마에게 생긴 값진 변화이자 앞으로의 값없는 인생을 뜻했다.

영욱이 엄마, 영주 엄마. 누군가에게는 이렇게 불리기 시작한다. 여보, 당신. 또 남편에게는 이렇게 불리는 삶을 산다. 엄마, 어머니. 또 나에게는 이렇게 불려 왔다. 그 외에도 우리 조성아씨를 대신하는 대명사는 삶을 이어갈수록 어딘가에서 툭 툭 하고 튀어나왔다. 그럴 때마다 엄마는 당연한 듯 그것에 적응해 왔고, 그렇게 엄마의 이름과 생은 닳아 없어지기를 반복했다.

그러면서 자연스럽게 자신을 잃어버린 하루를, 일 년을, 십 년을 살고 있었다. 자신이 좋아하는 해산물보단 가족이 좋아하는 삼겹살을. 그렇게 입고 싶어 하는 분홍색 원피스보단 나의 학습지를. 꿈에 그리던 제주도 여행보단 나의 수학여행을. 살고 싶은 집보단 나의 대학을. 그렇게 시간의 흐름에 따라 희생과 양보에 쫓기며 자신이 미뤄지는 삶을 살아왔다.

사실 '조성아'라는 이름은 개명한 이름이다. 엄마는 반평생을 '조봉자'로 살아왔다. 몇 년 전부터 엄마는 내가 자신의 손바닥을 벗어났다고 생각했는지, 제법 나를 의지하면서 살아갔고 그러면서 자연스럽게 잃어버린 삶을 찾아내려고 애쓰는 것처럼 보였다. 다 쓴 치약 밑동을 돌돌 말아 짜내어 누런 이를 닦는 것처럼, 누군가의 대명사로 살아오며 다 써버린 생을 짜내어 누렇게 변한 세월을 닦아 내려는 것처럼.

그러한 변화의 첫 단추는 엄마가 꿈꿔왔던 이름으로의 개명이었다. 그러면서 주민등록증도 재발급을 받았다. 봉자싸X이라는 호프집이 생긴 이후로, 엄마는 자신의 이름을 숨기며 언젠가 개명을 해야겠다고 다짐을 해왔지만 수년이 지난 후에야 그 다짐을 풀 수 있던 것이었다. 개명을 한 후에도 엄마는 미완성된 퍼즐에 맞는 조각을 끼워 넣듯, 나름의 버킷리스트를 하나둘 완성해갔다. 예로 들면 반평생 챙기지 못했던 건강을 되찾으려는 노력이라든가, 잊고 살았던 만남의 행복을 즐기기 위해 교회 모임에 주기적으로 나간다거나, 사고 싶은 옷도 가끔 사면서 배우고 싶은 악기도 배우면서. 그렇게 거창한 변화라고 말할 순 없지만, 잃어버리고 살았던 것들로부터 하나둘. 엄마라는 대명사에서 조봉자 그리고 조성아로. 나는 그렇게 거듭 탈피해가는 그녀의 삶을 응원하고 싶었다.

어쩌면 나의 생각처럼, 엄마라는 이름은 세상에서 가장 쉬운 단어이다. 또 우리가 가장 먼저 알게 되는 단어이다. 그런 사람이며, 기억이다. 그렇기 때문에 익숙하고 부르기 쉽다는 이유로 평생 입에 습관처럼 달고 살아왔다. "엄마." 나는 그렇게 꺼져버린 그녀의 이름과 삶을 되찾았으면 하는 마음으로 원래 불리던 이름과 새로운 이름을 섞어가며 불러주고 싶다. "봉자씨~" 이렇게 친근하게 불러주고 싶다. 우리 봉자씨. 우리 성아씨. 귀엽고 예쁜 조성아씨. 언젠가 꺼져버린 자신의 삶이 하나둘 기억나게끔. 나는 그녀가 늙어가는 것이 두려워 마음이 급해지지만, 그래도 탈나지 않도록 천천히. 다독여 주는 것처럼.

그녀의 나이가 점차 늘어가면서 치매에 대한 생각을 한 적이 있다. 사람이 죽기 전에 치매에 걸리는 이유는 죽는다는 사실을 잊어버리려는 노력인가보다 하고. 그런 생각을 할 때마다 엄마와 내가 겪게 될 슬픈 상황들이 벌써부터 속상하고 무섭다. 그녀에게도 치매라는 병이 오지 않으리란 법은 없으니까. 그래도 용기 내서 생각한다. "죽는 것이 얼마큼 두려우면 잊어버리려고 할까?" 슬픈 일이지만 어쩌면 잊어버리는 쪽이 편할 것 같다고. 그러면서 한 가지 작은 소망을 한다. 우리 언젠가 삶의 대부분을 잊어버린대도, 서로의 이름은 잊지 않았으면 좋겠다고. 엄마가 치매에 걸린다 해도 내 이름과 자신의 이름을 잊지 말아줬으면 한다. 내가 치매에 걸린다 해도 엄마 이름과 내 이름을 기억하고 있었으면 한다. 영욱이 엄마 조성아. 조성아 아들 정영욱. 이렇게 사이좋게 서로의 이름을 기억하고 언젠가 가게 될 하늘나라에서 서로를 애타게 찾아줬으면 하는 소망이다.

더 늦기 전에 삶의 군데군데에서 잃어버린 조봉자와 조성아를 찾아주고 싶다. 그녀가 자신을 오랫동안 기억할 수 있도록. 더 늦기 전에. 조금은 늦었지만, 더 늦기 전에.

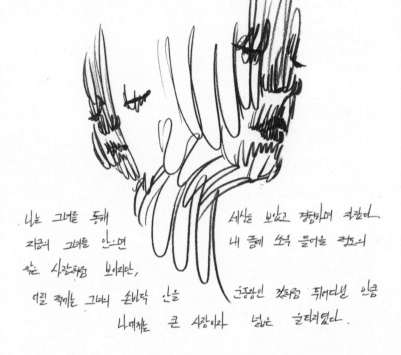

나는 그녀를 통해   세상을 보았고 경험하며 자랐다.
지금의 그녀를 안으면   내 품에 쏙 들어올 정도의
작은 사람처럼 보이지만,

어릴 적에는 그녀의 손바닥 안을   그동안인 것처럼 뛰어다닐 만큼
나에게는 큰 사랑이라   넓은 울타리였다.

저 밤하늘의 별처럼
찬란할 당신

이 세상엔 빛나는 것들이 참 많습니다. 하지만 그중에서도 유독 찬란하다 일컫는 것은 별이 대표적이죠. 사람들은 별을 보기 위해 고개를 들고, 별을 바라보며 아름답다 말합니다. 또 떨어지는 별을 보고 소원을 빌기도 하죠. 이렇듯 별은 사람들에게 아름다움과 찬란함의 상징으로 여겨지곤 합니다.

세상에 수많은 빛나는 것들 중 별이 유독 찬란하게 생각되는 이유는, 어두울 때 비로소 그 모습이 나타나기 때문 아닐까 합니다. 어둠이 하늘을 덮으면 그때서야 빛이 나기 때문 아닐까 합니다.

그래서 별과 당신은 참 닮아있지 않을까 합니다. 저 하늘의 별처럼, 남모르게 무던히 빛을 내고 있던 당신이기에 어둠처럼 깜깜한 시기를 만나 오히려 밝은 빛을 내지 않을까 합니다. 무던히도 노력해왔던 당신이기에 오히려 어둠 속에서 찬란하게 빛이 나지 않을까 합니다. 참으로 애써왔던 당신이기에, 눈길을 주지 않던 사람들 모두 고갤 들어, 참 아름답다 말하지 않을까 합니다.

꼭 지금 이 순간 찬란해 보이지 않더라도 괜찮습니다. 꼭 지금 당장 빛이 나지 않더라도 괜찮습니다. 당신이 계속 빛을 내고 있다면, 그 진가가 발하는 때는 꼭 오게 되어 있고, 당신은 그때를 맞아 찬란해질 것입니다. 저 하늘의 별처럼 말입니다.

행복은 내가 하는 것이다

행복. 행복하다 또는 행복하지 않다. 말 그대로 행복은 하는 것이며 그것의 주체는 당신이다. 하지만 사람은 행복하다는 것을 소유하고 싶어 하며, 타인으로부터 인정받으려고 애를 쓴다.

당신이 어떠한 행동을 한다 가정해보자. 가령, 운전을 한다. 당신이 운전이라는 행위를 소유할 수 있는가? 아니. 그것은 불가능하다. 행하는 순간에 한하여 그것을 '하고 있다.' 정도로 말할 수 있는 것이다. 또 가령, 당신이 운전을 하는 와중에 타인이 말한다. "당신은 운전을 하고 있지 않습니다." 그렇다면, 당신이 운전을 하고 있지 않는 것인가?

반대로, 당신은 운전을 하고 있지 않은데, 타인이 말한다. "당신은 운전을 하고 있습니다." 그렇다면 당신은 운전을 하고 있는 것인가?

안타깝지 않을 수 없는 일이다. 행복은 나의 기준이며 영원히 소유할 수 없고, 억지로 주입한다 해서 주입될 수 없다. 행복을 당신으로부터 구속시키려 하지 말자. 또 타인으로부터 인정받으려 하지 말자. 행복에 대한 자유는 온전히 당신에게 있으며, 그것을 할지 말지는 당신이 정한다. 하지만 그에 대한 책임 또한 당신이 지는 것이며, 그 책임이 두려워 행복이란 감정을 섣불리 감행할 수 없는 것뿐이다.

그러한 상황을 두고 '행복하다.' 또는 '행복하지 않다.'라고 말을 하곤 한다. 사실은 누구나 행복할 수 있다. 하지만 그것에 대한 책임이 두려울 뿐이다. 내가 오늘 행복만을 좇는다면 내일은 행복을 행하지 못할까 봐. 참 조삼모사 같은 발상이 아닐 수 없다.

기억하자.

1. 행복은 하는 것이다.

2. 행복의 주체는 나이다. 그러한 자발적 행위를 영원히 소유할 수 없으며, 타인의 지시에 따를 수도 없다.

3. 선뜻 행복하지 못하는 이유는 그 뒤에 따를 책임이 있기 때문이다.

"지금 당장 행복하지 못하면, 내일도 행복할 수 없다. 그러니 지금 행복하자." 이런 이상주의적 문장을 뱉고 싶지는 않다. 내가 지금 행복을 행함으로 얻게 되는 책임이 무겁다면, 지금의 행복은 잠시 미뤄두자. 하지만 지금 행복을 행하지 못함으로 받게 될 책임이 별것 없어 보인다면, 지금 당장행복을 행하자. 그것의 주체는 당신이고, 선택도 책임도 당신몫이니 우린 언제나 행복할 수 있고, 행복을 미룰 수도 있는것이다. 그러니 이제 행복을 미뤄둔 것에 대해 감히 '불행'이라며 정의하지 말자. 그것으로 인해 끙끙 속앓이 하지 말고, 남을 부러워하지도 말자. 혹여 당신이 지금 행복하다면, 그것이 영원히 지속되리란 망상 또한 품지 말자.

행복을 내가 한다고 생각하면, 무조건 행복하진 못할지언정 지금 행복하지 못한 것에 대한 '가치'가 있는 삶은 살 수있다. 불행도 불행이 아닌 것이 되며, 조금 더 편한 마음으로행복과 그 반대의 상황을 받아들이고 대처할 수 있지 않을까한다.

당신, 자신의 삶 안에서 어떠한 감정을 스스로 행하는 사람이 되기를 바란다.

행복은 나의 기준이며 영원히
소유할 수 없고,
먹지 주인된다 해서
주입될 수 없다.

행복을 당신으로부터
굳시키려 하지말자.
또 타인으로부터
인정받으려 하지 말자.

나를 사랑할 준비가 되어있는 사람이
지금 여기에 서 있습니다

사랑. 사랑이라는 단어를 검색해 봅니다. 영어단어로는 우리가 흔히 알고 있는 〈love〉 그리고 소중함을 뜻하는 〈cherish〉가 명시되어있습니다. 사랑은 소중히 하는 것과 일맥상통합니다. 사랑하기에 소중히 여기고, 소중히 여기기에 사랑을 하죠.

우리가 소중히 하는 것이 있다면, 그것의 작은 행동에도 큰 의미를 둡니다. 사소한 말에도 귀를 기울이죠. 무엇을 원하는지 곰곰이 생각하기도 하고, 원하는 것을 충족해주고 싶기도 합니다.

많은 곳에서 "나를 사랑하라." 권하곤 합니다. 그리고 사람들은 "그래, 나를 더 사랑하자." 다짐하곤 합니다. 하지만 그것이 진정 어떤 의미인지 모를 때가 많습니다. 나를 사랑하는 것은 나를 소중히 하는 것입니다. 나의 작은 행동에 큰 의미를 두며, 내면의 속삭임에 귀를 기울이는 것입니다. 나를 더 알아가려고 노력하고, 내가 원하는 것을 충족하려는 것입니다.

나를 사랑하라는 것의 의미가 큰일처럼 느껴져서 그렇지, 나에게 큰 선물을 주고, 타인과 연애하는 것처럼 자신과 연애하라는 뜻은 아닐 겁니다. 소중한 것을 바라보듯, 나를 조금 더 세밀하고 면밀히 바라보며 살아가라는 뜻이 아닐까 합니다.

남들이 좋아하는 영화 말고 내가 끌리는 영화라면, 만 원 내고 선뜻 영화관에 들어갈 수 있는 삶. 남들이 보기엔 보잘것없어도, 내가 느끼기엔 최고의 휴양을 할 수 있는 곳으로 여행을 떠나는 삶. 착한 척하기 바쁜 겉모습 말고 내 안에 있는 단호함을 끌어낼 줄 아는 삶. 나에게 집중해 나만을 생각할 줄 아는 것. 나의 상태를 아는 것, 그리고 나의 가치를 아는 것. 이것이 나를 사랑하는 길 아닐까 합니다. 이기적인 마음은 아닐 것입니다. 그렇다고 우리가 남에게 피해를 끼치고 살 것은 아니기 때문입니다.

이 책을 쓰는 동안, 그런 기준에서의 나를 사랑하는 삶을 지향했습니다. 그래서 어떤 글은 '이게 왜 나를 사랑하는 것일까.' 느낄 수도 있었겠습니다. 하지만 그것은 내 기준에서의 연습일 뿐입니다. 나를 소중히 여기고, 나아가 내가 소중히 여기는 것들을 온전히 지키는 삶. 또 그렇지 않은 것들을 걸러내는 삶.

이제는 당신의 기준을 세울 차례입니다.
나를 사랑할 준비가 되어있는 사람이, 지금 여기에 서 있습니다.

나를 사랑하는 연습
Recover Edition

1판 01쇄 발행 2020년 01월 02일
1판 16쇄 발행 2021년 11월 31일
2판 01쇄 발행 2021년 12월 16일
2판 04쇄 발행 2023년 01월 13일
3판 01쇄 인쇄 2023년 09월 06일
3판 01쇄 발행 2023년 09월 13일

지 은 이 정영욱
그   림 성 립

발 행 인 정영욱
기   획 정영욱
편집총괄 정해나
디 자 인 차유진

펴낸곳 (주)부크럼
전   화 070-5138-9971~3 (도서기획제작팀)
홈페이지 www.bookrum.co.kr
이메일 editor@bookrum.co.kr
인스타그램 @bookrum.official
블로그 blog.naver.com/s2mfairy
포스트 post.naver.com/s2mfairy

ⓒ 정영욱, 2020
ISBN 979-11-6214-305-6 (03800)